La Nouvelle Humanité

La Nouvelle Humanité

A Désirée et Joseph-Nathaniel

PREMIERE PARTIE
Hercolabe le destructeur

Si l'humanité découvre dans l'adversité qu'elle n'est pas seule dans ce vaste univers, qu'il existe d'autres entités douées d'intelligence ou une volonté supérieure contre laquelle on ne peut rien, aurait-elle le discernement nécessaire pour ne pas sombrer dans ses convictions et prendre les bonnes décisions ?

Chapitre 1 – Mission Aphrodite

C'était le 7 février 2118, cent ans jour pour jour après le Jour de Bascule et date anniversaire du couronnement d'Henri V de France. Son héritier qui se trouvait à Reims pour l'occasion semblait enchanté par les parades militaires et civiles. Mais en réalité, toute son attention était portée sur un autre événement à plus de cinq mille cinq cents kilomètres de là, en Éthiopie. Son envoyé, le Colonel Guénolé Pierre Kervallen, venait tout juste d'arriver à onze heures précises à Dashan où avait été construite quarante ans plus tôt la seconde base aérospatiale de l'Alliance Terrienne. Nommée Ferret-Galinier, en l'honneur des deux explorateurs français qui avaient parcouru l'Abyssinie au XIXe siècle, elle était perchée à plus de quatre mille mètres d'altitude sur les hauts plateaux. Ce jour-là, le complexe était enveloppé dans un épais manteau de neige d'où émergeaient fièrement quatre larges tours. Elles étaient si hautes que l'on ne pouvait en voir les extrémités. Et pour cause, leurs sommets dépassaient largement la cime des nuages. En effet, les installations terrestres n'étaient que le haut de l'iceberg. Les tours étaient conçues avec un alliage carbo-métallique hautement résistant et avec un coefficient de dilatation performant, renforcé par un revêtement en téflon. Elles étaient parcourues par de gigantesques ascenseurs magnétiques qui montaient et descendaient à vive allure, vomissant et dévorant à chaque arrêt des voyageurs, des touristes, des soldats, des scientifiques par poignées de cinquante. Tous allaient et venaient des stations atmosphériques et spatiales. Ces plateformes qui semblaient posées en équilibre sur les quatre robustes tours étaient de forme lenticulaire, ceinturées d'un à trois anneaux. Elles étaient grandes chacune comme au moins soixante terrains de football.

La première station lévitait dans la stratopause à cinquante kilomètres au-dessus du niveau de la mer. La deuxième station la précédait à quatre-vingts kilomètres dans la mésopause, et enfin la dernière, le spatioport international, culminait à cinq cents kilomètres d'altitude dans la thermopause. Si toute la structure paraissait ancrée dans le sol, comme n'importe quel gratte-ciel, il n'en était rien. L'ensemble était en réalité un vaisseau spatial d'une taille et d'une forme peu communes qui pouvait rester, théoriquement, en équilibre géostationnaire n'importe où au-dessus de la Terre, suspendu dans les airs grâce à des générateurs d'antigravité.

Ce n'était pas la première fois que le colonel Kervallen se rendait dans ces installations titanesques, mais cela lui semblait toujours aussi impressionnant, tant les proportions des structures étaient imposantes. Veuf et âgé d'une cinquantaine d'années, ce n'était pourtant pas un homme qui se laissait intimider facilement. Il était connu également pour être droit dans sa morale et il ne s'en remettait jamais ni à la science, ni à ce qu'il appelait les croyances superstitieuses. Il ne comptait que sur lui seul. Peut-être était-ce pour toutes ces raisons qu'il avait été choisi pour diriger cette mission, en plus de ses compétences professionnelles.

Dashan était connu pour être particulièrement rude à cette époque de l'année. Il s'était emmitouflé dans une combinaison militaire d'hiver qu'il se garda bien de retirer lorsqu'il s'engouffra dans l'un des ascenseurs magnétiques de la tour ouest, celle réservée aux soldats. Durant l'ascension, il n'avait cessé d'observer avec nostalgie l'horizon à travers les épaisses parois de carbo-verre[1]. Le panorama du paysage accidenté était exceptionnel et beaucoup auraient payé cher pour profiter d'une telle vue, mais il était davantage préoccupé par la mission que lui avait proposée le Dauphin de France quelques

[1] Le carbo-verre est un allotrope du carbone qui est aussi dur et transparent qu'un diamant. Il a été découvert en 2032.

jours auparavant. En un peu moins de quarante-cinq minutes, il finit enfin par arriver à la première station qui était perdue au milieu de quelques nuages chenus. Pendant qu'il se désarçonnait de son siège, une voix féminine résonna dans la cabine :

« Bienvenue à la Station Aérospatiale Inférieure de Recherche Scientifique Ferret-Galinier.
Vous êtes à 50,89 kilomètres d'altitude.
La température extérieure est de -1,5 degrés Celsius.
La pression atmosphérique extérieure est de 1,07 hectopascal. »

Alors qu'il sortait, elle poursuivait son annonce dans six autres langues. Il se dirigeait vers le quartier des officiers supérieurs, il retira ses lunettes, découvrant ses yeux d'un vert profond, et déboutonna sa combinaison, assommé par la température clémente à l'intérieur de l'habitacle. Là-bas, son équipe, qui était arrivée dans la matinée, l'attendait alignée et au grand complet. Il les salua à tour de rôle dans la rigueur militaire la plus stricte :

— Capitaine Liliane Yeoh, de l'Aérospatiale Chinoise. Je serai votre pilote-en-chef à bord.

— Lieutenant Adaline Zirignon, mandatée par l'Union Ouest-Africaine. Ingénieur technicien spatial.

— Sergent Elliott Sam Pierce de l'Alliance Nord-Américaine. Exobiologiste.

— Caporal Wenceslas Strofimenkov envoyé par la Fédération de Russie. Pilote-en-second à bord.

— Repos, commanda-t-il en retour. Je suis le Colonel Guénolé Kervallen de l'Aérospatiale Européenne, médecin et psychologue, commandant de la mission Aphrodite. Je pense que vous avez été briefés sur la cible ?

— Affirmatif, Colonel, répondit le Capitaine Yeoh.

— À quelle heure est prévu le lancement ?

— Ce soir à vingt-deux heures, heure locale, mon Colonel.

— Bien, dit-il. Dans l'immédiat, je serais d'avis que nous allions déjeuner tous ensemble pour faire plus ample connaissance. Nous discuterons de ce qui nous amène ici en urgence plus tard. Quelqu'un parmi vous connaît le meilleur self-service de la plate-forme ? J'ai plus l'habitude de la station aérospatiale du Chili…

— Mon Colonel, commença le Lieutenant Zirignon, permettez-moi de vous en proposer un. Ils font les meilleures grillades de l'Alliance Terrienne.

— Alors, nous vous suivons Lieutenant.

— Elle se trouve dans la station au-dessus…, si vous pouvez tenir jusque-là, mon Colonel.

— Pas de problème, nous vous suivons, assura-t-il avec une pointe d'enthousiasme.

Ils se dirigèrent vers la zone des ascenseurs magnétiques de la tour ouest.

Par chance, l'un d'eux était disponible et ils n'eurent pas à patienter. Ils entrèrent, se harnachèrent à leur siège et après le départ du véhicule, ils purent profiter du spectacle qui se déroulait devant leurs yeux. L'horizon se courbait pour révéler progressivement la rotondité de la Terre. Vingt-cinq minutes plus tard, l'ascenseur qui filait à presque soixante-dix kilomètres à l'heure ralentit brusquement, les plaquant contre leur siège. La voix féminine résonna de nouveau à l'arrêt du véhicule ascensionnel :

« Bienvenue à la Station Aérospatiale Intermédiaire de Recherches Scientifiques Ferret-Galinier.
Vous êtes à 82,1 kilomètres d'altitude.
La température extérieure est de – 88,9 degrés Celsius.
La pression atmosphérique extérieure est de 0,97 pascal. »

*
* *

Le repas fut convivial et cordial. Ils eurent au menu des fécules, des racines, de jeunes pousses et en guise de protéines, toutes sortes d'insectes et de vers dodus grillés. La pêche et l'élevage des mammifères destinés à être mangés ayant été proscrits dans le monde cinquante ans plus tôt pour soulager l'environnement de la pression écologique humaine, les insectes et les larves avaient été imposés comme source principale de protides et avaient, contre toute attente, conquis les mœurs des sociétés de la planète entière. Les steaks et autres pavés de viande issus de la culture cellulaire n'avaient pas rencontré le succès escompté. Tous apprécièrent le choix du Lieutenant ivoirien Zirignon et se régalèrent en pensant aux prochains repas lyophilisés qu'ils devraient déguster à contrecœur pendant le voyage. Aucun ne parla ouvertement de la mission car elle était bien évidemment « top secrète » et il y avait trop d'oreilles indiscrètes autour d'eux.

Cependant, ils étaient intarissables sur un sujet qui la touchait indirectement : Hercolabe.

L'astre était toujours visible à l'œil nu dans le ciel. Ils avaient recalculé sa trajectoire : il avait frôlé la Terre en croisant son orbite. En déviant légèrement sous l'effet de la force de gravité de notre planète, le bolide avait décéléré pour filer tout de même à presque quarante kilomètres par seconde, tout droit sur la planète Vénus. Le transfert cinétique avait sensiblement accéléré la rotation de la Terre qui avait été victime de secousses globales pendant des jours. À présent, les milliards de paires d'yeux scrutaient sans cesse le firmament et admiraient avec une certaine dévotion religieuse cette immense comète qui traversait le ciel depuis des mois. Au départ bleu saphir parmi les étoiles innombrables, elle était devenue peu à peu rouge rubis et imposait sa présence hypnotique même le jour, à mesure que sa luminosité et sa taille étaient devenues formidables.

Hercolabe, une planète errante supposément expulsée du système stellaire Sirius C[2] il y a des millions d'années, était donc le nom officiel qu'on lui avait donné ; le Destructeur son surnom. Car quelques semaines plus tôt, lorsque l'astre était quasiment à son périgée et apparaissait comme une gigantesque boule traçante, rougeoyante et menaçante, tel un second petit soleil froid, il ébranla le monde et l'humanité. Les autorités l'avaient assuré : il ne percuterait pas la Terre. Néanmoins, loin d'avoir une confiance aveugle, les populations s'étaient enlisées dans un syndrome hystérique et paranoïaque collectif. Du jamais vu depuis le dernier embrasement mondial. Les peuples, en cherchant à se protéger coûte que coûte d'une éventuelle fin du monde, avaient laissé le Destructeur provoqué indirectement par son impact psychologique la plus terrible des crises

[2] L'étoile Sirius C a été découverte par le télescope spatial James Webb le lendemain de sa mise en service en 2018 (dans cet univers)

économique et financière, une crise sanitaire sans précédent et une famine mondiale. La société, alors affaiblie, subit de plein fouet les effets directs de l'astre : son influence gravitationnelle croissante avait déclenché des séismes mineurs globaux, rendu les marées chaotiques et cataclysmiques et engendré par endroits, une hausse significative des orages et des tempêtes, et ailleurs des sécheresses sans précédent. Mais surtout, après que la Terre a traversé sa longue chevelure dense, son atmosphère s'était chargée en gaz toxiques et nauséabonds provoquant la mort de nombreuses espèces animales et végétales. Parmi les humains, seuls les plus sensibles à cette nouvelle forme de pollution[3] avaient succombé à des détresses respiratoires. Le seul lot de consolation de ce passage apocalyptique avait été, partout dans le monde et pendant des jours, l'illumination de la haute atmosphère bombardée par les

[3] Toutes les formes de pollution atmosphérique d'origine humaine ont été bannies depuis la Grande Reconstruction

particules ionisées émanant de la majestueuse chevelure du Destructeur. Jamais génération d'Hommes à travers les millénaires n'avait assisté à pareille démonstration de beauté de la part de l'univers.

Si l'humanité tout entière connaissait l'existence de Hercolabe pour l'avoir vu à l'œil nu traverser le ciel et avoir subi directement ses effets négatifs, personne d'autre que le Sergent Eliot Sam Pierce ne l'avait autant étudié depuis sa découverte dans les confins de la galaxie. Il connaissait cet astre en profondeur comme s'il y avait mis les pieds.

Pierce était connu pour être polymathe mais sa profession principale était exobiologiste. Il faisait partie de l'équipe internationale en charge d'étudier cette terrible planète errante. Elle avait franchi cinq cents années-lumière et avait failli éradiquer une bonne fois pour toutes les civilisations humaines qui avaient pourtant réussi à se remettre du Jour de Bascule un siècle auparavant. Il répondait aux questions de ses nouveaux collègues en essayant de vulgariser au mieux ses connaissances pointues en la matière :

— Oui, Hercolabe a une atmosphère. Mais, dans le froid extrême du vide intersidéral, loin de la chaleur de toute étoile, elle a gelé et a recouvert l'ensemble de la surface d'un épais givre bleuté caractéristique. À mesure qu'il s'est rapproché du Soleil, en dépassant l'orbite de Neptune, l'atmosphère s'est peu à peu sublimée en se réchauffant, formant un cocon de plus en plus dense, et libérant du diazote, de l'ammoniac, du méthane et du sulfure d'hydrogène.

— Des gaz pas très ragoûtants pour les formes de vie que nous sommes…, glissa le Caporal Strofimenkov.

Le Sergent hocha la tête pour confirmer et continua sur sa lancée :

— Les rayonnements ultraviolets solaires ont alors lentement mais sûrement transformé une partie de ces gaz en molécules plus complexes et toxiques ;

telles que des alcools, des aldéhydes, des hydrocarbures azotés et soufrés, des cyanogènes et des tholines[4]. Les aérosols rouges, jaunes et orangés ont fini par changer le bel astre bleu qu'avaient photographié au début les télescopes spatiaux en cet astre rouge, symbole de la colère du Créateur… Du moins, c'est ce que pense une partie de la population, avait-il rajouté précipitamment comme pour se disculper d'une éventuelle accusation de croyance en un être supérieur.

Il poursuivit après quelques interventions de ses collègues :

— Il mesure 11 577 kilomètres de diamètre et pèse $3,76.10^{23}$ kilos. Cet astre est presque aussi gros que notre planète mais avec une masse dix fois moins élevée. Les astronomes ont évalué qu'il était composé pour moitié de matières rocheuses proches des chondrites ordinaires de type L/L et

---

4 Les tholines sont des molécules organiques azotés complexes que l'on retrouve en abondance sur le satellite de Saturne : Titan et qui lui donne sa couleur orangée caractéristique

pour l'autre moitié d'eau sous forme de glaces alcalines. Une quantité d'eau extraordinaire, l'équivalent selon eux de plusieurs millions de fois la masse de nos océans ! Les quantités d'ammoniac libérées dans la chevelure suggèrent qu'au moins une partie de ce vaste océan est restée liquide durant la très longue pérégrination de l'exoplanète, sans compter les teneurs en sel et en molécules organiques solubles…

Le Lieutenant Zirignon avait jeté un regard furtif et inquiet aux officiers supérieurs français et chinois qui se trouvaient en face d'elle. Mais Kervallen avait compris bien avant qu'il faille le faire taire avant qu'il ne parle trop :

— Je vous conseille de vous arrêter là dans votre exposé, l'interrompit-il. Au risque que vous n'alliez trop loin dans ce qu'il ne doit pas être dit ici.

Confus, l'américain se confondit en excuses en accusant son trop grand enthousiasme face à ces recherches qui le fascinaient de manière excessive.

Peu de temps après la fin du repas, ils passèrent la douane et gagnèrent les ascenseurs magnétiques de la tour ouest pour être menés à la dernière plate-forme, la station aérospatiale supérieure de recherche scientifique, dont une grande partie servait de spatioport commercial et militaire. Ces véhicules ascenseurs étaient plus vastes que les précédents. Ils pouvaient accueillir de manière sécurisée cent quatre-vingt-douze personnes au lieu de cinquante-cinq. L'ascension pouvait être comparée à un vrai voyage car il fallait bien six heures pour franchir les quatre cent vingt kilomètres qui séparaient la station intermédiaire de la dernière plate-forme. Il y avait suffisamment d'air respirable pour un trajet dix fois plus long, des sanitaires pour se soulager et se nettoyer, et bien entendu, des hôtesses et des stewards présents pour la sécurité et servir des collations, comme dans un avion de ligne long courrier. Ces ascenseurs avaient une autre particularité : les baies vitrées permettant d'observer le panorama étaient remplacées par des hublots en carbo-verre renforcé pour limiter l'irradiation de l'intérieur de la cabine par les particules véloces de l'ionosphère.

*
* *

Ils débarquèrent dans la dernière station aux alentours de vingt et une heures Le colonel Kervallen prit aussitôt contact avec la base de contrôle au sol pour confirmer leur arrivée, avant de se rendre au centre de commandement. Quand il revint, il s'adressa à ses officiers :

— Une salle de réunion nous a été spécialement réservée avant d'embarquer sur l'Hermès. Nous serons alors tranquilles pour un vrai briefing.

Tous hochèrent la tête et le suivirent.

Dans la salle, pendant qu'ils se servaient des boissons chaudes, le sergent exobiologiste demanda à prendre la parole :

— Mon Colonel, puis-je ?

— Allez-y, Pierce.

— Bien. Juste pour être sûr : Hercolabe ne percutera pas Vénus, n'est-ce pas ?

— Affirmatif.

— Elle va devenir un satellite de la jumelle de la Terre, n'est-ce pas ?

— C'est encore vrai.

— Et, je suis donc là pour étudier une éventuelle forme de vie présente à la surface de Hercolabe, ou du moins dans son océan liquide.

— Votre affirmation n'est pas tout à fait vraie cette fois, Pierce. En réalité, reprit-il lentement pour faire durer le plaisir, nous savons de source sûre qu'il y a une forme de vie, ou du moins qu'il y a eu une forme de vie, qui plus est, intelligente.

Tous écarquillèrent les yeux. Le Sergent Pierce plus que les autres avec la bouche ouverte en prime.

— Vous êtes là, Pierce, pour nous aider à l'identifier, évaluer la menace et la détruire si nécessaire.

— La détruire si nécessaire ? répéta dubitativement l'intéressé.

— Si c'est une menace, Pierce. Si c'est une menace… Est-ce que cela vous pose un problème ? Je dis bien : seriez-vous prêt à mettre en danger l'humanité tout entière pour votre enthousiasme excessif envers vos recherches ? Ou alors seriez-vous suffisamment lucide pour faire ce qu'il faut le moment venu ?

Le sergent répondit avec aplomb de peur d'être écarté *manu militari* du projet :

— Oui, mon Colonel ! Je serai lucide pour faire face à ce qui doit être fait. Cela ne me pose aucun problème d'aucune sorte.

— Bien ! dit-il à moitié satisfait.

Il ne fallait pas oublier qu'il était médecin et psychologue. Il avait tout de suite cerné le personnage et hésitait à le démettre de la mission au risque de la retarder de quelques jours. Mais il se ravisait. Il se souvenait que le Dauphin de France prenait ce projet très à cœur et avait semblé très inquiet. De plus, le sergent Pierce était la seule sommité dans son domaine à avoir effectué plusieurs voyages spatiaux. Tant pis, se disait-il. Il le surveillerait plus que les autres.

— Comment savons-nous que Hercolabe ne percutera pas Vénus dans quelques mois ? D'où viennent les données qui contredisent les faits officiels ? demanda Strofimenkov, tirant par la même occasion Kervallen de ses pensées.

— Des plus hautes instances, je suppose, pour être prises avec autant de sérieux par les autorités.

— Vous supposez bien, Zirignon. Tous les chefs d'État et de gouvernement pour ainsi dire,... Ils ont tous communiqué avec ces entités. Pour la France, cela nous a coûté la vie de notre Premier ministre. Mais selon nos bons dirigeants, dit-il avec une pointe d'ironie, cela ne peut constituer une preuve certaine de leur hostilité. Le fait que cette expérience du troisième type ait eu lieu exactement au moment où le Destructeur était au plus près de la Terre, non plus.

— Vous êtes en train de nous dire que ce sont ces choses qui vivent sur la géante comète rouge qui sont à l'origine du décès prématuré de votre Premier ministre ? interrogea, stupéfait, le Capitaine Yeoh.

Elle prenait soudainement conscience de la gravité de la situation qui justifiait le plus haut niveau d'accréditation qu'elle avait reçu de la part de l'Alliance Terrienne. Il lui dit en guise de réponse :

— D'abord, nous ne sommes pas certains qu'il y ait des « choses » sur Hercolabe, d'où la création de cette présente mission. Ensuite, si nous découvrons que c'est effectivement le cas, nous pouvons d'ores et déjà prénommer ces « choses » les Superviseurs. Vous l'avez sûrement bien compris : nous sommes sûrement le premier rempart à une invasion étrangère. Et je pèse mes mots. J'espère que tous, vous serez à la hauteur de la tâche qui nous a été confiée. Si l'un d'entre vous pense qu'il ne peut pas, qu'il n'en a pas la force, que le doute (il jeta un regard pesant sur Pierce) ou la peur l'habite, qu'il le dise maintenant. Il ne lui en sera pas tenu rigueur. Je vous en fais la promesse. Il est important que nous soyons tous à deux cents pour cent, quitte à reporter la mission pour reconstituer une nouvelle équipe. Vous comprenez ?

— Affirmatif ! répondirent-ils tous en chœur.

Satisfait, il les autorisa à sortir de la pièce. L'Américain, en queue de peloton, interpella discrètement le commandant de la mission :

— Mon Colonel, je veux que vous sachiez que vous pouvez compter sur moi. Je ne vous décevrai pas.

— Je n'en doute pas, Sergent, mentit-il. Je n'en doute pas…

Un quart d'heure plus tard, ils se retrouvèrent tous en zone d'embarquement et montèrent à bord de la navette spatiale européenne Hermès. Elle était la navette spatiale habitée la plus rapide jamais construite par l'Homme. Elle avait déjà fait ses preuves en parcourant deux voyages aller-retour, de la Terre à la station spatiale Phobos qui se trouvait à l'intérieur du satellite du même nom et qui servait d'avant-poste de colonisation de la planète Mars. La navette stationnait habituellement dans l'autre spatioport de la Terre, construit sur le même modèle que Dashan, à Chajnantor au Chili. Ce dernier servait de base arrière de la colonisation de Mars, alors que Dashan desservait la Lune et les astéroïdes troyens de la Terre pour des exploitations minières.

Oui, l'Hermès était indéniablement la frégate la plus rapide mais aussi la plus grande jamais construite : presque trois cents mètres. Elle pouvait accueillir raisonnablement une dizaine de cosmonautes. Cette fois-ci, elle s'élancerait du pont d'amarrage Columbus et franchirait près de cent millions de kilomètres pour atteindre Vénus, au bout de trois petits mois, grâce à ses moteurs fonctionnant à l'énergie de la fusion nucléaire.

— Capitaine Yeoh, je vous laisse le soin de nous mener à bon port, déclara Kervallen pour signifier le départ de la petite équipe.

Elle ouvrit alors le canal de communication pour contacter la centrale des opérateurs :

— Base Ferret-Galinier ? Ici, l'Hermès. Nous sommes prêts au désamarrage.

— Hermès ! Bien reçu… Votre route est libre, vous avez notre feu vert. Bon voyage à l'équipage !

— Caporal Strofimenkov, entonna-t-elle, vous êtes prêt ?

— Je vous écoute, Capitaine…

— Entrez les coordonnées d'arrivée…, les correctifs de trajectoire,…

— Fait.

— J'envoie les codes d'autorisations de vol au sol. Veuillez vous attacher et rester assis jusqu'à ce que je vous autorise à quitter vos sièges… J'entame la procédure de désamarrage…, vérification de l'étanchéité des écoutilles,…

— Vérifié !

L'Hermès se dégagea délicatement de son amarre et, s'éloignant lentement de Columbus, il commençait à tomber en chute libre vers la Terre. Les officiers à bord sentirent alors l'effet de l'apesanteur. Ils se seraient mis à flotter s'ils n'avaient pas été solidement sanglés à leur siège.

— Vérification de la pressurisation,… continuait le Capitaine.

— Vérifié !

— Thermo-capteurs,… Efficacité des pompes carbone ?

— Elle est maximale…

— Oscillateurs d'énergie,… Réacteurs électriques magnétiques,… Tunnel de Newton,… Déploiement du bouclier antiradiation…

La navette, distante d'une cinquantaine de mètres du spatioport, déclencha ses moteurs à propulsion conventionnelle pour cesser la chute libre et commencer à s'éloigner de la Terre. Lentement au début, puis de plus en plus vite jusqu'à atteindre la distance de quatre-vingt mille – cent mille kilomètres, elle se mit en orbite haute dans le plan de l'équateur.

— Extinction des moteurs conventionnels…

Le Capitaine Yeoh autorisa alors son équipage à se dégager de leur siège. Ils se détachèrent tous et s'envolèrent comme des bulles de savon soufflées par la brise.

Le vaisseau spatial entamait le tour de la planète pour utiliser l'effet de catapulte gravitationnelle pour les lancer vers Vénus. L'Hermès était équipé d'un moteur à propulsion ionique à pseudo-éjecta médié par l'énergie de la fusion nucléaire froide. Le trajet durerait moins de trois mois. La période critique dans ce type de voyage interplanétaire est la décélération à l'arrivée.

— Vous avez de la chance, lança le capitaine à son équipage, nous sommes les virtuoses de l'aviation de l'Alliance.

Elle avait jeté un œil complice à son copilote russe qui approuva en secouant énergiquement la tête.

— Bien. Parfait, enchaîna le Colonel. Nous allons pouvoir prendre place dans nos cabines d'hibernation. On va commencer par vous, Pierce. Suivez-moi. Zirignon, vous serez la prochaine.

Le Lieutenant hocha la tête.

— Entendu, Colonel, dit le Sergent d'une voix résignée.

Il comprenait pourquoi il devait hiberner en premier et passer avant Strofimenkov qui était pourtant le dernier dans la hiérarchie à bord. Le Russe étant copilote, le Capitaine Yeoh pouvait avoir besoin de ses services pendant le démarrage des moteurs ioniques. Pourtant, il n'arrêtait pas de se demander s'il avait été désigné en premier parce que le Colonel se méfiait de lui depuis son allusion au « Créateur ».

Ils s'étaient propulsés dans les couloirs de la frégate en s'aidant de poignées qui étaient semées à intervalles réguliers sur les murs. Dans la salle d'hibernation, ils se lavèrent dans les douches à ultrasons qui diffusaient sur leur peau une brume d'eau ionisée enrichie en agents tensio-actifs, aussitôt aspirée par des valves disposées en hélice. Ils s'enduisirent ensuite d'une crème antiseptique puis revêtirent une combinaison blanche spéciale très proche du corps et perméable. Lorsqu'ils eurent fini, le Colonel, en vérifiant les caissons d'hibernation, commença à poser les questions d'usage :

— Comment vous sentez-vous, Pierce ?

— Bien, mon Colonel.

— Des douleurs physiques, psychiques, ou émotionnelles ?

— Non, mon Colonel.

— Très bien. Allongez-vous dans la cabine d'hibernation.

Il se hissa jusqu'au caisson et s'y coucha sans appréhension. Cela avait la forme d'un long cylindre étroit, bourré de capteurs et d'électronique.

— Est-ce que vous rêvez bien ? Je veux dire : êtes-vous sujet aux cauchemars ?

— Oui, ça peut m'arriver, mon Colonel. Mais rien de bien grave.

— J'en suis sûr mais nous ne voulons prendre aucun risque, n'est-ce pas ? Vous allez dormir pendant un trimestre. Ce serait dommage que vous cauchemardiez trois mois d'affilée, non ? Cela pourrait occasionner un état traumatique à l'arrivée et une inadaptation certaine pour le travail que nous devons accomplir. Votre taille et votre poids ? En métrique, s'il vous plaît.

— 1 mètre 72 pour 68 kg…, mon Colonel.

— Bien,…Vous avez quelques réserves adipeuses, dit-il sans le moindre sourire. Je vous prescris pour votre bain d'hibernation trois milligrammes de paradoxamine par kilo par vingt-quatre heures. Ça empêchera tout mauvais rêve de se manifester. Cinq grammes et demi de pro-lipi-glu de type trois par kilo par vingt-quatre heures. Vous avez un bon pancréas ? Je veux dire, présentez-vous des antécédents de diabète dans votre famille ?

— Oui, Colonel. Mon père et deux oncles ont été soignés.

— Bon, alors du pro-lipi-glu de type deux. On ne va pas non plus inonder de glucose votre organisme mais plutôt privilégier les acides aminés…

— D'accord, Colonel. C'est vous le médecin.

— Quinze milligrammes d'hibernatonine par kilo par vingt-quatre heures… Vous supportez ? Aucun effet indésirable notable après vos autres voyages spatiaux ?

— Non. Aucun, Colonel. Tous mes voyages se sont toujours bien déroulés.

Il partit chercher les tubes de paradoxamine, de pro-lipi-glu de type deux et d'hibernatonine qu'il inséra dans leurs encoches respectives du cylindre d'hibernation.

La paradoxamine était un alcaloïde neuro-psychotrope qui avait été découvert tardivement chez une plante du désert d'Atacama. Elle ne poussait et ne fleurissait que les jours de pluie, pour ainsi dire que très rarement dans son milieu naturel. Elle s'était révélée être un excellent antidépresseur à effet rapide avec un minimum d'effets secondaires. De plus, elle rendait les rêves particulièrement agréables et joyeux.

Quant à l'hibernatonine, c'était une hormone peptidique créée artificiellement par cyber-bio-ingénierie. Elle était le fruit de recherches intensives sur l'hibernation en particulier chez les derniers ours bruns élevés en captivité. Elle avait révolutionné la conquête spatiale en autorisant les vols de très longue durée. Elle induisait chez certaines espèces animales dont l'Homme un état physiologique proche de la biostase, en préservant les masses musculaires et osseuses en dépit des conditions d'apesanteur dans l'espace.

Dans cet état d'hibernation poussé, les pro-lipi-glu, qui étaient des solutions concentrées de complexes protéiniques, de lipides et de glucides, servaient à nourrir l'organisme dans cet état métabolique minimal.

— Excusez-moi de vous poser cette question mais : êtes-vous bien vide ? demanda-t-il.

— Oui, mon Colonel, répondit-il légèrement gêné.

— Vous semblez ballonné… Vous savez, Pierce, qu'il est important que la vessie et l'ampoule rectale soient vides au possible en début d'hibernation. Vous ne pourrez pas aller aux toilettes pendant trois mois. Je ne veux pas vous retrouver accidenté à mon réveil…

Le Sergent laissa échapper un sourire, en pensant à cette image cocasse. Kervallen parut lui-même amusé.

— Je vous assure que j'y suis allé avant de monter à bord.

— Si j'étais vous, j'irai faire encore un dernier p'tit tour pour être sûr. Ça ne mange pas de pain. Ce n'est pas pour rien que nous devons être à jeun de nourriture solide au moins six heures avant chaque voyage.

— Vous avez raison, mon Colonel. C'est vous le médecin. Pas d'accident, sinon j'en entendrai parler jusqu'à la fin de ma carrière, dit-il d'un air enjoué.

— Sage décision, chantonna-t-il en le laissant descendre en flottant hors du tube. Et surtout redésinfectez tout après !

Pierce revint dix minutes plus tard.

— Je ne dirai pas, Sergent, que je vous avais alerté…

Le pauvre officier ne répondit que par un sourire et se remit en place dans la cuve truffée de capteurs.

— Quel âge avez-vous Sergent déjà ? demanda-t-il en bidouillant des boutons.

— Trente-six ans, Colonel.

— Bien, parfait. Vous avez une bonne tension. Systole à douze…, diastole à six…

et soixante et un de pouls. Portez votre masque, je vais fermer la chambre de stase.

Il s'exécuta. Le masque lui enserrait le visage en lui recouvrant la bouche, le nez et même les paupières, pour maintenir la forme des globes oculaires (en dépit des conditions de pesanteur minimale). Maintenant qu'il était enfermé dans le cylindre transparent, celui-ci se remplit d'une sorte de gelée opaque blanchâtre riche en protéines liées à des ions manganèse. Ils appelaient cela l'amnios. Cela servait à absorber les radiations résiduelles de l'espace qui franchissent le bouclier, à maintenir une hydratation et une oxygénation correctes de la peau, à empêcher la prolifération des micro-organismes à sa surface et, grâce à sa viscosité, à prévenir les escarres qui auraient pu être fatales dans cette position allongée constante pendant des mois.

Kervallen lui demanda encore :

— Tout va bien ?

Le Sergent acquiesça. Il lui dit alors avec un grand sourire :

— Dormez bien, Pierce. Faites de beaux rêves. À dans trois mois !

Il programma la durée de stase et appuya sur un gros bouton vert qui actionna à l'intérieur de la cuve une sorte de bras muni d'une seringue transdermique. Elle lui injecta au niveau de son muscle deltoïde, à l'épaule, le fameux bain d'hibernation qui contenait le cocktail de paradoxamine, de pro-lipi-glu et d'hibernatonine. Le Sergent Pierce sombra aussitôt dans un profond sommeil, le sourire aux lèvres.

Il resta quelques minutes pour observer ses constantes pendant que la température de l'amnios descendait avec la température du corps jusqu'à quinze degrés Celsius. La fréquence des battements cardiaques descendit aussi et finit par osciller entre cinq et douze battements à la minute. La fréquence respiratoire était si faible qu'elle était indétectable.

Le Colonel Kervallen s'occupa ensuite du Lieutenant Zirignon. Puis, il retourna dans la cabine de pilotage s'attacher pour la procédure d'allumage des moteurs ioniques.

Lorsque enfin l'Hermès s'extirpa de l'emprise de la gravité terrestre pour s'élancer à toute allure vers notre sœur voisine, les pilotes confièrent la navigation à l'intelligence artificielle de bord afin de se mettre en stase pour la durée du voyage. L'IA avait pour consigne de les réveiller en priorité en cas d'urgence. Kervallen les fit donc dormir à leur tour.

Le cylindre de stase du Caporal russe était plus long que tous les autres parce que ce dernier ne mesurait pas moins de deux mètres pour quatre-vingt-dix kilos.

Quant à sa propre hibernation, il demanda à l'IA de programmer la fermeture du cylindre et l'actionnement de la seringue transdermique de manière automatique.

Ainsi donc, l'équipage de la frégate Hermès était parti pour la mystérieuse mission au nom de code *Aphrodite*.

Chapitre 2 – L'Élysée

Quelques semaines plus tôt, le 24 décembre 2117, Hercolabe était à son périgée et provoquait alors le maximum de dégâts sociaux et environnementaux. Dans les locaux de l'Élysée, siège du Premier ministre de la monarchie française, la situation de crise était, elle aussi, à son climax.

Il y a presque un siècle, la Grande Guerre, qui n'avait duré que quelques mois, avait laissé l'humanité exsangue et écœurée de tout ce sang versé (en particulier lors du Jour de bascule provoqué par plusieurs frappes nucléaires simultanées). Lors de la grande reconstruction, la quasi-totalité des pays était devenue des monarchies constitutionnelles. Un roi ou une reine, chef de l'État, représentant sa nation auprès de l'Alliance Terrienne, et partageant le pouvoir avec un Premier ministre élus au suffrage universel, chef du gouvernement qu'il constitue.

— Bonjour Monsieur le président. C'est un honneur pour moi d'avoir été choisi pour vous auditer.

L'homme fort de l'Élysée assis à son bureau et profondément plongé dans les préoccupations et affaires d'État sursauta au bord de la crise cardiaque. Il vit un enfant en face de lui, pas plus âgé que six ou sept ans, debout, habillé simplement et les mains jointes sagement.

— Qui es-tu ? Comment es-tu entré ici ?

— Il n'est pas nécessaire que vous connaissiez mon nom mais pour cette grande occasion où nous nous révélons à vous, vous nous nommerez les Superviseurs.

L'homme se leva en haussant la voix :

— Mais qu'est-ce que c'est que cette plaisanterie ? Pensez-vous que c'est le moment de faire des distractions avec le Destructeur qui passe au-dessus de nos têtes ?! Alors reprenez ce môme que je puisse travailler ! hurla-il pour qu'on l'entende au-delà de la porte close.

— Il n'y a personne d'autre ici que moi, Monsieur le président. Vous serez bien aimable de vous rasseoir et de ne plus hausser le ton dans cette pièce dorénavant en ma présence.

Le Premier ministre se rassit aussitôt contre sa volonté et sa bouche sembla se sceller avec du ciment. Il comprit alors qu'il y avait quelque chose d'anormal dans cet enfant et dans la situation. Il scruta ses yeux quelques secondes et fut pris d'une peur panique qu'il était incapable d'exprimer, comme inhibé par ce regard étrange et pénétrant. Cet enfant semblait inoffensif comme tous les enfants. Ses petites joues roses, ses petites bouclettes blondes, sa toute petite voix, tout ou presque en lui donnait envie de le protéger. Pourtant ses yeux…, ce regard qui semblait être plus vieux que le monde et empreint d'une sagesse perdue le perturbait à tel point qu'il n'osait plus soutenir son regard.

— Comprenez-vous, Monsieur le président, ce que je fais ici ? Ce que ma présence implique pour vous et pour tous les autres ?

Sa langue se délia enfin comme s'il avait eu la permission de parler. Mais ce qui en sortit ne fut que bredouillement :

— Je… Je ne… Je ne comprends pas. Comment… ? Mais… ?

— Monsieur le président, puis-je vous appeler Monsieur Rivères pour plus de convivialité ? Il me semble que c'est l'usage mais je peux me tromper.

Il osait à peine le regarder car il avait l'impression que tout son esprit, toute son âme et tout son corps glissaient inexorablement vers un trou béant dans lequel il ne ressortirait jamais plus.

— Appelle-moi comme… il te plaira… Mais sache que mon titre est « Premier ministre ». Nous ne sommes plus en république depuis longtemps.

— Bien. Excusez-moi pour cette confusion Monsieur Rivères. Je ferai en sorte que cette donnée soit consignée dans les plus brefs délais afin d'éviter qu'une telle erreur ne se reproduise. Je disais donc que je suis ici pour vous auditer. Il est temps à présent pour nous de savoir s'il faut rectifier le tir lancé voilà quelques millions d'années. Je vous poserai des questions simples et vous y répondrez simplement. Mais attention, si vous mentez, je le saurai. Je ne suis ni là pour vous blâmer, ni là pour vous juger. Je suis seulement ici pour améliorer les choses. Pensez-y. Est-ce que vous êtes prêt ?

Il voulut répondre que non, que cela demandait un certain temps de préparation, temps qu'il n'a manifestement pas eu. Mais au lieu de cela, il eut une sensation des plus désagréables, comme si quelqu'un venait de plonger ses doigts dans son cortex pour y fouiller ses pensées comme on cherche un objet dans un tiroir mal rangé.

— Monsieur Rivères, cette question était évidemment rhétorique. Mais si cela peut vous aider, vous avez eu quelques milliers d'années de civilisation pour être prêt pour ce grand jour.

L'enfant avait lu ses pensées et il en était tétanisé. Il répondit juste de sa voix rauque :

— Oui. Je suis prêt…

L'entretien dura une petite demi-heure mais il sembla à Pierre Rivères, le Premier ministre du royaume de France, que cela avait duré une éternité. L'enfant n'avait pas menti : les questions avaient été simples mais il s'était senti tout de même comme un coupable à un interrogatoire de police. L'enfant avait disparu comme il était apparu et l'esprit éprouvé du pauvre homme était au bord de la rupture. Nul homme, nulle femme n'auraient pu faire mieux face à ces Superviseurs dont le contact direct prolongé au-delà d'une heure provoque une dislocation de la raison et la folie à vie.

Aussitôt remis de ses émotions, il se leva, courut en trombe hors de son bureau pour appeler n'importe quel collaborateur, n'importe qui, pourvu qu'il soit humain.

— Monsieur ! Monsieur ! Mon Dieu, Monsieur le Premier ministre, qu'avez-vous ?

La première personne qu'il croisa semblait horrifiée de voir le locataire de l'Élysée dans un tel état. Mais, avant-même qu'il ne puisse répondre, celui-ci s'effondra.

Quelques heures plus tard, après que les médecins se sont assurés qu'il ne courait plus aucun danger, il fit convoquer ses ministres et ses secrétaires d'État. Il leur raconta tout dans les moindres détails. Tous avaient l'air circonspect et avaient écouté leur chef de gouvernement sans rien dire en se jetant de temps à autre des regards en coin. Ils savaient que les circonstances n'auraient jamais permis qu'il fasse une plaisanterie aussi énorme. Mais il leur était impossible de le croire. Il le ressentit et il commença à s'emporter :

— Vous ne me croyez pas ? Vous me pensez fou ?

La chancelière, nommée par le roi, faisait partie de la réunion. Elle était sa déléguée auprès du gouvernement mais aussi auprès de l'Alliance Terrienne. Elle prit la parole pour essayer de désamorcer une situation qui mettait tout le monde très mal à l'aise.

— Ce n'est pas ce que nous disons, Monsieur, mais... Mettez-vous à notre place : vous êtes très surmené ces derniers temps. Les questions de société et la politique sont particulièrement mouvementées ces jours-ci. Le royaume de France est loin d'être épargné par les troubles qui parcourent le monde. Je ne veux même pas citer ce qui se passe à l'international. Le stress peut faire faire des choses incroyables et faire voir des choses tout aussi extraordinaires.

— Le stress vous dites ? Vous le pensez tous ? Vous pensez que j'aurais inventé toute cette histoire à cause du stress ? Et que j'aurais osé vous convoquer tous pour me ridiculiser de cette manière ? Vous me pensez capable d'une telle imposture, d'une telle imagination ? Est-ce que vous pensez que je deviens fou comme tous ces gens à cause de l'Hercolabe ? Si vous pensez ne serait-ce qu'une seule de ces choses, c'est que vous-même vous êtes fous !

La ministre de la santé qui était médecin de profession intervint pour justifier leur incrédulité :

— Monsieur, vous vous êtes évanoui et êtes resté inconscient plusieurs heures, il me semble. Vous étiez en nage, vous avez saigné du nez ce qui montre assurément que vous avez subi une pression artérielle extrêmement élevée. Peut-être avez-vous respiré trop d'air extérieur ? Il contient des toxines en grande quantité. Vous devriez rester dorénavant dans les bâtiments publics où l'air est filtré et plus sain.

— Je vous vois venir et je vous saurai gré de m'épargner votre jargon pour cette fois. Je vais contacter tous les autres chefs d'État et même le roi, car je suis certain que la chancelière ici présente ne sera pas disposée à le faire. Et vous verrez qu'ils ont tous reçu cette visite d'un autre monde. Ils diront exactement la même chose que moi !

Il se leva subitement et semblait s'être déconnecté de la réalité :

— Mais le roi…, le roi doit être mis au courant au plus vite. Je pense que l'humanité est en grand danger.

— Il m'a tout l'air de subir un délire paranoïaque ou une crise schizophrène…, chuchota la ministre de la santé à son voisin, le ministre de l'éducation nationale.

Le cou du Premier ministre se tourna sec vers elle :

— Christine ! Croyez-vous que je sois devenu également sourd au point de ne pas vous entendre dans ce silence morbide ?

La chancelière secourut la ministre de la santé : elle s'était levée à son tour précipitamment, pour s'approcher de lui et l'amadouer :

— Monsieur le Premier ministre. Pierre…, nous sommes amis, n'est-ce pas ? J'ai bien peur qu'elle ne chuchote ce que nous pensons tous tout bas. Les Français et le reste du monde penseront les mêmes choses que nous. Notre bon roi également. Je suis d'avis que vous preniez de petites vacances, pour quelques jours, en soins spécialisés dans un cadre calme et idyllique… L'humanité n'est plus en danger, je vous l'assure. L'Hercolabe est en train de passer et il s'en ira bien loin impacter la planète Vénus. Nous avons eu plus de peur que de mal. L'humanité s'en relèvera aisément. Le Jour de Bascule a été bien pire et pourtant nous sommes encore là.

Il la dévisageait comme si elle avait tenu des propos incohérents :

— Qu'est-ce que vous me racontez ? ! Vous n'êtes pas sérieuse ! ?

Elle abandonna alors le ton rassurant pour une voix plus dure et vindicative :

— Pierre, j'ai la capacité de vous déclarer inapte à gouverner et aucun ici ne s'y opposera à la lumière de vos récits quelque peu… excentriques.

— Qu'est-ce que vous croyez faire ? ! l'interrompit-il. C'est moi le Premier ministre. J'ai été élu par les Français !

Elle le regarda gravement et comprit qu'il ne servait à rien d'utiliser la manière forte. Elle reprit sa voix douce et rassurante :

— Oui, vous êtes un Premier ministre quelque peu fatigué et nous préférons ne pas vous forcer à vous reposer. Pour la sécurité de notre pays, il est hors de question que vous appeliez qui que ce soit de l'étranger pour leur raconter ce que vous croyez avoir vu. Christine sera d'accord pour estimer que ce petit passage à vide que vous subissez n'est que temporaire. Aussi, nous vous demandons votre totale coopération pour vous reposer en lieu sûr. Et si vous le voulez, nous ferons une petite enquête pour vous rassurer.

La stratégie de la chancelière était payante. Le visage du Premier ministre s'était décrispé. Il revint s'asseoir à la table.

— Mais je vous jure que… c'est vraiment arrivé.

Résigné, il mit ses deux mains sur la bouche et leva les yeux au ciel comme s'il semblait l'implorer de lui venir en aide. Il commençait lui-même à douter de ce qu'il avait vécu. Il s'en rappelait comme un lointain souvenir ou comme un cauchemar qui s'estompe petit à petit au réveil.

— Je suis navré…, vous avez sûrement raison. Je ne sais pas ce qui m'a pris. Le surmenage…

Elle se tenait derrière lui et lui massait une épaule :

— Vous êtes tout pardonné, Pierre. Mais il est important de savoir si vous êtes suffisamment résilient. Nous nous occuperons de tout pendant une semaine au cours de laquelle vous pourrez discuter de cela avec un professionnel. S'il s'avère que cela doit se reproduire, nous ferons en sorte de déléguer davantage. Vous êtes un bon chef de gouvernement mais vous êtes aussi un homme. Vous devez prendre soin de votre santé. À trop tirer sur la corde, elle se rompt.

— Et vous, ma chère, vous êtes une bonne chancelière. Henri V ne vous a pas choisi pour rien. Votre franc-parler est votre plus belle qualité.

Il se confondit alors en excuse auprès de ses ministres et partit le visage serein, libéré d'un poids qui lui pesait lourd.

Mais le lendemain, sa femme le découvrit mort, assis à son bureau, le poignet droit enflé et les yeux ouverts portés vers le lointain. Il avait écrit, sur des centaines de pages jusqu'à épuisement de l'encre du stylo, toujours la même phrase :

CELUI-CI VIENT DU CREUX DES MORCEAUX SOTS

Personne ne comprit. Le médecin légiste conclut à une crise cardiaque suite à une attaque cérébrale. Les événements de la veille ayant été les prémices et les signes avant-coureurs. Pourtant le locataire de l'Élysée était en bonne santé et de bonne constitution générale. Ils se dirent que peut-être était-ce un effet inconnu des gaz toxiques libérés par Hercolabe. Son entourage, étant donné ce qui s'était passé, crut à un suicide mais les examens toxicologiques se révélèrent négatifs.

Chapitre 3 – En orbite

Le caisson de stase du Colonel Guénolé Pierre Kervallen fut le premier à voir la température de l'amnios remonter à trente-sept degrés Celsius. La séquence de réveil était enclenchée. La vidange et l'ouverture du cylindre précédaient l'actionnement du bras interne qui, muni de sa seringue transdermique, lui injecta de l'épinéphrine, des corticoïdes et des anabolisants mimétiques de synthèse. Il se réveilla et s'extirpa telle une larve hors des restes d'amnios visqueux, dans un état tout aussi vaseux que le précieux gel protecteur. Il s'essuya prestement avec une serviette, puis fila aussi vite qu'il le put aux toilettes. Lorsqu'il revint, il se changea pour remettre son uniforme et se colla un patch de nicotine caféine et se sentit rapidement moins endormi. Les cylindres du Capitaine Liliane Yeoh et du Caporal Wenceslas Strofimenkov s'ouvrirent à leur tour pour libérer les deux individus tels des papillons hors de leur chrysalide. Il les réconforta, leur proposant serviettes et patchs de nicotine caféine à différentes doses. Mais le Caporal qui était un grand gaillard était prostré dans un coin, recroquevillé sur lui-même, flottant comme une bulle de savon.

— Strofimenkov ? Vous allez bien ?

Ce dernier ne répondit pas et le regardait, les yeux vitreux. Le Colonel Kervallen nagea vers la pharmacie et revint avec une seringue qu'il planta dans son bras sans lui demander son avis. Le Caporal s'endormit aussitôt et se déroula de tout son long tel un bourgeon qui fleurit.

— Qu'est-ce que c'est ? demanda interloquée le Capitaine.

— Sédatif et paradoxamine. Il nous fait un petit trauma émotionnel. Il a sûrement cauchemardé en boucle pendant la stase. Il dormira une petite heure et il sera d'aplomb. Est-ce que vous pouvez le sangler dans sa couchette de géant ?

— Bien entendu, Colonel, avait-elle répondu en le hissant déjà par le pied puis la taille.

Lorsqu'elle revint, une demi-heure plus tard, le Lieutenant Adaline Zirignon et le Sergent Elliott Sam Pierce étaient aussi réveillés, nettoyés, changés et patchés. Ils demandèrent quasiment en même temps au pilote en chef s'ils étaient bien arrivés à bon port.

— Je préfère que vous veniez voir de vous-même. C'est indescriptible… !

— Allons donc voir cela, dit Kervallen. Yeoh, vous avez consulté le journal de bord ?

— Oui, Hercolabe nous a devancés de deux mois. Il n'y a eu aucun autre événement notable depuis. Pas même sur Terre.

Pierce semblait ne plus pouvoir se décoller du hublot. Zirignon fit une remarque qui le tira de sa torpeur admirative :

— Il ne me semblait pas que Vénus était aussi bleue…

— Lieutenant, c'est parce qu'elle n'a jamais été bleue ! Normalement, elle est recouverte d'un épais manteau jaune de nuages d'acide sulfurique qui reflète brillamment la lumière du soleil faisant d'elle l'astre le plus brillant de notre ciel, après le Soleil et la Lune. Là, on dirait presque la Terre.

— Savons-nous ce qui s'est passé ? demanda-t-elle, curieuse.

— Je ne sais pas… J'ai besoin de voir les données envoyées par la sonde Hanon[5]. D'ici, on ne voit même pas où se trouve Hercolabe. Elle doit se trouver derrière la planète.

— Vous étudierez cela plus tard, Pierce. Il va falloir passer le harnais, commanda la pilote chinoise. Je vais commencer les manœuvres de décélération, sinon on ratera le coche et on finira par s'écraser sur Vénus, ou pire : dans le Soleil, exagéra-t-elle.

[5] La sonde Hanon est une sonde spatiale d'exploration africaine envoyée 6 ans plus tôt autour de Vénus, dans l'optique d'une future colonisation par l'Alliance

Pendant que tous s'exécutaient, l'exobiologiste rêvassait à voix haute :

— De géhenne infernale, elle est devenue l'Éden paradisiaque…

Le Capitaine, assisté du Colonel, vu que le Caporal était indisponible, inversa progressivement la poussée des moteurs ioniques à pseudo-éjecta. Puis, lorsqu'ils furent suffisamment ralentis et à quelque 50 000 kilomètres de la surface, elle coupa les moteurs et attendit de nouveau pour être à 15 000 kilomètres. À cette hauteur, les moteurs conventionnels prirent le relais pour assurer ainsi une orbite moyenne stable autour de la deuxième planète du Système solaire.

La procédure terminée, Pierce s'empressa de se délivrer de son siège pour aller consulter les archives de l'IA. Il était impératif qu'il sache ce qui s'était passé pendant sa stase. Kervallen prit en aparté le Lieutenant Zirignon avec une attitude solennelle et d'extrême gravité :

— Vous savez pourquoi vous êtes là, Lieutenant ? Vous connaissez précisément votre fonction ?

— Oui, mon Colonel.

— L'engin se trouve dans la salle rouge. J'attends de vous que vous me disiez s'il n'y a pas eu de problèmes pendant le voyage et si la bombe sera opérationnelle le moment venu. Si ce n'est pas le cas, j'attends de vous que vous la répariez au plus vite. Cette pièce doit être fonctionnelle. Si nous évaluons une quelconque menace, nous devons être capables de réduire Hercolabe en poussière.

— Oui, mon Colonel. Laissez-moi une heure et je vous fais un rapport complet.

— Bien, parfait, dit-il avec une grande satisfaction.

Il savait qu'elle était très efficace. Il n'avait aucune raison de s'inquiéter.

Chapitre 4 – Matignon

Quelques jours après le décès tragique du Premier ministre Pierre Rivères, l'heure était grave et la tension était à son comble au siège de la chancelière, à Matignon. Hercolabe, la comète géante rouge, qui était passée à un cheveu de la Terre, s'éloignait mais sa chevelure continuait d'inonder plus que jamais l'atmosphère de particules corrosives et toxiques. De nombreuses villes côtières ou proches d'estuaires, comme Bordeaux ou Londres, avaient été évacuées à cause des ondes de tempête majorées par des marées qui avaient atteint des coefficients monstrueux. Seule dans son bureau et planchant sur un problème lié au récent réveil des volcans d'Auvergne, la chancelière Rosalinda Archel était loin de s'attendre à cette visite du troisième type :

— Bonjour Madame la chancelière. C'est un honneur pour moi de vous rencontrer.

La femme assise à son bureau était absorbée dans d'épaisses pensées car elle était également appelée à assurer l'intérim de la primature. Elle leva la tête lentement et ses yeux s'ouvrirent ronds comme des billes, surprise qu'une fillette âgée d'à peine sept ans ait pu se retrouver dans son bureau sans qu'elle ne s'en aperçoive. Elle était coiffée de ravissantes couettes et avait les deux mains plongées dans les poches d'une adorable salopette.

— Petite, tu es perdue ? Qui sont tes parents ?

— Perdue ? répéta-t-elle incrédule. Le multivers est vaste mais jamais nous ne nous perdons. Les Superviseurs sont leur propre mère et leur propre père.

La chancelière plissa les yeux comme si elle avait mal entendu :

— Qu'est-ce que tu as dit ? Les quoi, petite ?

— Vous avez bien entendu, seulement vous ne voulez pas écouter. Vous avez été prévenue mais vous ne l'avez pas cru. Pour un homme seul, le poids était bien trop lourd à porter. Renier ce qu'il a vécu, c'est ce qui l'a tué.

— C'est une farce ? Une caméra cachée ?

— Nous sommes seules ici, Madame la chancelière.

Elle perdit son sang-froid et hurla aux quatre coins de la pièce comme s'ils étaient munis de caméras invisibles :

— Pauvres imbéciles ! Ce n'est ni le moment, ni l'endroit pour faire ce genre de plaisanterie ! Un homme lié au destin de millions d'autres est mort !

— Et vous n'y êtes pas étrangère, Madame la chancelière. Nous avons vu comment vous l'avez persuadé que nous n'existions pas.

Elle se leva dans l'idée de tirer la fillette hors de la pièce et de déverser toute sa colère et son mépris aux personnes impliquées dans cette mascarade.

— Rasseyez-vous… Et surtout, taisez-vous !

Elle se rassit comme un automate, incapable de contrôler ses muscles.

— Cette fois, il ne vous suffira pas d'entendre ce que je dis mais bien d'écouter, de regarder et de comprendre, rajouta l'enfant.

La porte-parole de la maison royale commença à ressentir une peur moite lui remonter des tripes. Elle remarqua ses yeux, cette lueur étrange qui en émanait et qui pénétrait les siens. Elle avait la désagréable impression que ce qu'elle pouvait voir n'était pas ce qui était là en réalité. Elle pouvait ressentir au plus profond de ses os que la chose était effroyablement ancienne et considérablement puissante. Son esprit commençait à lutter contre quelque chose, une intrusion perfide et douloureuse.

— Ouvrez votre esprit car il est bien trop étroit pour que j'y entre sans y faire un minimum de dégât.

Elle ferma les yeux, croyant briser un lien magique et imaginaire entre elle et cette maudite fillette. Mais au contraire, c'était comme si les portes protégeant son intimité avaient volé en éclats plus facilement. Et, en moins de temps qu'il n'aurait fallu pour qu'elle dise « ouf », des milliards d'images s'engouffrèrent dans sa tête. Quand elle rouvrit les yeux, elle était à nouveau seule. Plus de trace de la petite fille. Elle avait un stylo à la main et une feuille blanche devant elle. Elle y avait écrit une cinquantaine de fois déjà et de sa propre écriture :

CELUI-CI VIENT DU CREUX DES MORCEAUX SOTS

Elle regardait cette phrase curieuse qui résonnait encore et encore dans sa tête migraineuse. Elle tremblait de peur. Elle ne comprenait pas ce qui venait de lui arriver. Elle se sentait comme violée et presque honteuse. Avait-elle subi le même type de crise que Pierre Rivères ? Subirait-elle le même sort funeste ? Mais elle était bien trop résiliente psychiquement pour subir de tels désordres. Elle en était certaine. Peut-être avait-elle été empoisonnée intentionnellement ou non, lui provoquant des hallucinations ? Était-ce les Russes ? Les Américains ou les Chinois ? Était-ce possible que les mauvaises habitudes du siècle dernier entre nations aient persisté ? Impossible, pensait-elle. Ou des terroristes qui voulaient déstabiliser l'ordre ? Qui pouvait bien posséder une telle technologie ? Elle ne voulait pas refaire les mêmes erreurs que feu le Premier ministre. Si elle racontait tout, on la prendrait pour une folle, elle finirait par tout nier en bloc et elle se retrouverait, le lendemain, morte, les yeux ouverts. Il fallait qu'elle fasse elle-même son enquête ou du moins la déléguer sans éveiller les soupçons.

Pendant qu'elle réfléchissait à la manière de procéder et que son organisme se remettait du choc, les images que lui avait injectées la fillette ressurgissaient de son inconscient et s'organisaient entre elles pour former un film cohérent : elle voyait des planètes par millions, dépourvues de vie mais riches en eau, être expulsées hors de leur système et voyager à toute vitesse dans l'espace. Certaines bleues, vertes ou violettes, finissaient par devenir rouges, jaunes ou même noires en débarquant dans de nouveaux systèmes stellaires. L'ensemble ressemblait à un gigantesque billard cosmique. Elle sentait instinctivement qu'il y allait avoir une transition, un changement, une transformation profonde par l'anéantissement de tout ce qui était imparfait et bancal, pour devenir parfait et droit. Elle voyait aussi des chiffres, des formules mathématiques, des symboles, mais rien qu'elle n'aurait pu comprendre et expliquer. Elle nota tout, immédiatement et frénétiquement, de peur d'oublier un seul détail.

Elle était méthodique. C'était une femme posée, connu pour son franc-parler légendaire. Mais surtout, même si elle était résolument terre à terre, avec la tête résolument sur les épaules, elle marchait également beaucoup à l'instinct. De toute évidence, cette chose déguisée en enfant avait bien été présente dans la pièce. Elle lui avait montré des images et maintenant c'était à elle de les comprendre. Car, comme son ami et collègue défunt, le Premier ministre, elle avait la furieuse intuition que l'humanité était en sursis d'extinction totale. Il ne fallait plus qu'elle doute et surtout, il fallait qu'elle agisse en conséquence pour sauver ce qu'il était possible de sauver.

Elle convoqua des assistants et leur remit des instructions particulières, ainsi que les documents qu'elle avait elle-même produits de sa mémoire. Aucun ne devait revenir sans une réponse claire et étayée.

Moins de trente-six heures plus tard, après quelques rencontres avec des mathématiciens, cryptographes et astrophysiciens, une dénommée Clarisse du Bouvier toqua à la porte de son bureau :

— Madame Rosalinda Archel ? Puis-je entrer ?

— Entrez vite, si vous avez des réponses !

— J'en ai, Madame…

Elle entra, perchée sur ses talons hauts. La chancelière la regardait avec avidité et impatience. Jusqu'à présent, elle avait été la seule à revenir avec des réponses. Elle portait avec elle un gros dossier bleu rempli de feuilles prêtes à s'envoler au moindre desserrement d'étreinte.

— Vite ! Dites-moi tout, Mademoiselle. Je veux que ce soit clair et concis.

— Eh bien, vous n'allez pas le croire, Madame. Vous êtes à l'origine d'une découverte sans précédent.

— Parlez, parlez… ! Bon sang ! Ne vous interrompez pas !

— J'avoue que je ne connaissais pas vraiment ce que cette suite de chiffres et de lettres voulait dire, disait-elle en le lui montrant. Puis, en creusant un peu, en posant quelques questions autour de moi, j'ai fini par comprendre. « **CELUI-CI VIENT DU CREUX DES MORCEAUX SOTS** » n'est pas une phrase aléatoire. Elle a une signification, pas rhétorique mais mathématique. C'est une formule mathématique déguisée en phrase en langue française.

— Quoi ? Mais comment cela ? A quoi sert cette formule ? Que calcule-t-elle ?

— Non, non, Madame ! Vous n'y êtes pas. Elle ne permet pas de calculer mais de décoder.

— Quoi donc ? !

— Hercolabe…, L'Hercolabe, répéta-t-elle en cachant difficilement son émotion. Le Destructeur émet des ondes radios…

— Merci, nous le savions déjà. C'est dû aux interférences dans son ionosphère…, rétorqua-t-elle, connaissant visiblement bien le sujet.

— Oui, mais pas uniquement. Il y a dans le fond sonore émis un écho périodique que nous n'aurions jamais pu détecter sans l'aide de l'algorithme que vous nous avez fournis, Madame la chancelière. Quelque chose de non-humain et intelligent émet depuis Hercolabe. C'est habité !

La chancelière s'effondra sur son siège ce qui consterna l'assistante qui ne comprenait pas sa réaction si négative.

— Madame, est-ce que vous allez bien ? Vous ne trouvez pas que c'est une bonne nouvelle ?

Pour elle, c'était une catastrophe, cela confirmait sans faille qu'elle avait été la proie d'une visite d'une intelligence capable de contrôler son esprit.

— Et où cela mène-t-il alors si ce spatiolithe abrite la vie ? demanda-elle au lieu de répondre.

Ne sachant que dire face à cette étrange question, la jeune femme lâcha :

— Hercolabe ne percutera pas Vénus…

— Excusez-moi, j'ai mal compris ? Vous pouvez répéter ! mugit la chancelière en se redressant.

— Hercolabe ne percutera pas Vénus mais va s'y satelliser ; comme la Lune tourne autour de la Terre.

— Ce n'est pas possible ! Ce télescopage doit avoir lieu coûte que coûte ! On ne peut pas se permettre d'avoir une autre forme de vie dans le voisinage et en plus, aussi près de notre planète. Les Hommes commencent à peine à apprendre à vivre en paix entre eux. Ça détruirait tout ce que nous avons mis tant d'années à bâtir après le Jour de Bascule. En plus, certains vouent une dévotion mal placée à cet astre maudit ! Si cette forme de vie fait preuve d'une science avancée, tous vont leur servir un culte et les servir comme des divinités. Ce sera la fin de notre liberté…

Et elle parlait en connaissance de cause pour avoir expérimenté leur intrusion. Soudain, l'assistante s'écria, horrifiée :

— Madame !

Des narines de la chancelière coulait une vraie rivière de sang qui tachait son chemisier et son tailleur comme des lacs de taille et de forme diverses. Mais son esprit était ailleurs :

— J'ai un très mauvais pressentiment… Ce sont les Superviseurs…, murmurait-elle, en se préoccupant à peine de ce qui était en train de lui arriver.

— Ce n'est rien, essayait de se rassurer l'assistante en lui tendant un mouchoir. C'est le stress, Madame la chancelière. Voulez-vous que j'appelle un médecin ?

Elle réalisa alors son état et bascula sa tête en arrière :

— N'en faites rien ! Je vais me changer et nous allons partir toutes les deux à Versailles pour en informer le roi. Lui seul décidera de la marche à suivre et s'il faut informer le gouvernement et les autres nations. En attendant, vous et ceux que vous avez interrogés doivent rester au secret. Est-ce que c'est bien clair ? ! Toute fuite sera considérée comme de la haute trahison et punit en conséquence. C'est entendu ?

La jeune Clarisse n'arrêtait pas de hocher la tête en disant oui. Elle n'osa pas lui conseiller de se pencher plutôt vers l'avant pour éviter que le sang ne lui coule dans la gorge, de peur de la contrarier. Elle craignait qu'elle ne change d'avis de l'emmener avec elle rencontrer le grand monarque.

Les semaines qui suivirent furent plus que fructueuses. Rosalinda Archel, la chancelière, avait convoqué sous l'impulsion du roi, en assemblée extraordinaire et dans le plus grand secret l'Alliance Terrienne. Tous comprirent alors que pas un seul chef d'État n'avait été ignoré par ces Superviseurs. Mais aucun n'aurait osé en parler sans l'initiative de la chancelière française. Tous avaient reçu cette visite, et une phrase dans la langue principale de la nation pour décoder le message émis depuis Hercolabe. Tous avaient subi cet audit et aucun ne pouvait affirmer avec certitude qu'ils avaient passé ce test avec brio. À la lumière des témoignages, les questions posées essayaient de déterminer si l'humanité souffrait toujours des guerres, de la famine, des maladies et surtout de l'inexorable faim de l'or et des richesses.

Il leur fallait déterminer à tout prix si l'humanité était en danger et ils décidèrent à l'unanimité de créer la mission Aphrodite, pour une opération séduction de ces fameux Superviseurs. Si ces derniers s'avéraient hostiles, l'usage de la bombe à antimatière serait l'ultime recours pour se protéger de toute agression future.

Chapitre 5 – Hercolabe

Une heure plus tard, chacun des officiers était toujours à leur poste en train de vaquer à leur tâche respective. Pierce vint briser ce silence studieux à l'intercom :

— Je sais ce qui s'est passé ! Rendez-vous en salle de réunion. Je vous attends, dépêchez-vous !

L'équipage était réuni au grand complet dans la salle de réunion devant un sergent Pierce surexcité et joyeux.

— On vous écoute…

— Ce que nous voyons là, disait-il en faisant défiler des images holographiques, cette transformation spectaculaire de Vénus est le fruit d'une quasi-collision avec Hercolabe. Si je n'étais pas scientifique, je déclarerais que rien de tout cela ne peut être dû au hasard, mais minutieusement calculé par quelque chose d'infiniment plus intelligent que nous. Intelligent au point de calculer des trajectoires sur des millions d'années et sur des millions de parsecs ; et de doser au picogramme près les ingrédients de la vie pour terraformer des planètes mortes et inhospitalières.

Le Capitaine Yeoh lui fit une remarque acerbe :

— Vous vous emballez toujours aussi vite avec des suppositions fantaisistes ?

Sans même relever, il poursuivit son exposé :

— Hercolabe a été ralenti et dévié en passant au voisinage de la Terre. Sans cela, il aurait été trop rapide et trop éloigné de sa cible pour pouvoir être capturé par Vénus. D'après les données, à cause de la rotation rétrograde de Vénus, Hercolabe a subi une ultime décélération en s'approchant à seulement quelques centaines de milliers de kilomètres, puis s'est mise en orbite stable après seulement quelques dizaines de tours. Pendant le processus, expliquait-il en mimant avec ses mains l'animation holographique, le nouveau satellite a transmis une part importante de son énergie cinétique à sa nouvelle planète mère ; qui, non seulement a basculé sur son axe à presque vingt-cinq degrés, comme la Terre, mais tourne aussi désormais dans le bon sens comme toutes les autres planètes du Système solaire, en à peu près… trente-trois heures pour le moment, précisa-t-il en jetant un œil à son module informatique. La rotation de Vénus continuera d'accélérer et celle de Hercolabe de ralentir en s'éloignant jusqu'à ce que le système soit à l'équilibre.

— Vénus est donc accompagnée de sa propre lune, conclut Strofimenkov.

— Oui ! Et nous devrions l'apercevoir dans une vingtaine de minutes. Mais ce n'est pas le plus important, ajouta-t-il en reprenant son souffle. La composition de la chevelure de Hercolabe a changé ces derniers mois. Lorsque toute son atmosphère rouge a fini perdue dans l'espace, ça a été le tour de son vaste océan alcalin. Et en tournant autour de Vénus, cette quantité phénoménale de vapeur d'eau riche en hydroxyde a terminé sa course dans son atmosphère dense dont vous connaissez bien les anciennes caractéristiques : une pression équivalente à quatre-vingt-dix atmosphères, des températures infernales dépassant les quatre cents degrés Celsius, une concentration en dioxyde de carbone proche de quatre-vingt-seize pour cent et des nuages d'acide sulfurique concentré.

— C'est donc de là que vient toute cette eau présente à la surface ? demanda Strofimenkov.

— Oui, une petite partie de l'océan primordial de Hercolabe s'est transférée sur Vénus, mais cela a été suffisant pour la recouvrir presque entièrement. L'eau du Destructeur était particulièrement alcaline, son pH était proche de quatorze selon les anciens relevés de spectrographie, autant dire impropre à la baignade… Se laver à la soude caustique aurait été moins risqué. Cette forte alcalinité a eu un impact sur la nouvelle composition qualitative et quantitative de l'atmosphère vénusienne. Elle est à l'origine de la précipitation de la totalité du dioxyde de carbone en carbonates. Toute la surface et les fonds marins en sont recouverts, et sur plusieurs centaines de kilomètres d'épaisseur à certains endroits. Les trois quarts du gaz diazote se sont dissous dans ce nouvel océan vénusien. Maintenant, la pression atmosphérique y est quasiment identique à celle que l'on retrouve sur Terre au niveau de la mer. Cette rétraction atmosphérique a eu un autre effet, mais thermique : elle s'est rafraîchie très vite.

— Loi de la dilatation des gaz, chuchota Zirignon.

— Absolument ! On oublie les quatre cent quatre-vingts degrés Celsius de moyenne de l'ancienne planète fournaise. Nous sommes à dix-huit degrés en moyenne maintenant. Un vrai paradis. Et il y a une cerise sur le gâteau…

— Quelle cerise, Pierce ? demanda Kervallen.

— L'air de Vénus est respirable, avec un peu d'effort certes, mais respirable pour les humains. Mais cela va s'améliorer. Une partie de la vapeur d'eau continue de se dissocier en dihydrogène qui s'échappe dans l'espace, en ozone qui commence à former une couche protectrice anti UV, et en dioxygène qui remplit de plus en plus l'atmosphère. Le taux d'oxygène est aujourd'hui de seulement douze pour cent mais il va continuer à augmenter avant de se stabiliser autour de vingt à vingt-cinq pour cent.

— Par quel miracle cette atmosphère va tenir en place sans être érodé par le vent solaire maintenant qu'elle a perdu de sa densité ? demanda Zirignon.

— Très bonne question, Lieutenant ! Eh bien, voyez-vous, Vénus est recouverte à plus de trois quarts par un océan. Il est en train de réhydrater les couches géologiques, la croûte, puis le manteau supérieur. On ignore s'il y a une asthénosphère mais en synergie avec l'attraction de Hercolabe, une tectonique des plaques est progressivement en train de se mettre place. La rotation plus rapide de la planète semble faire tourner dans son noyau liquide du fer-nickel en fusion. Puisqu'en ce moment même, on peut détecter des embryons de nœuds de champ magnétique planétaire. Bientôt, elle sera dotée d'un bouclier magnétosphèrique comparable à la Terre qui protégera son atmosphère et son sol des assauts colériques de notre étoile.

Puis, s'adressant plus sérieusement à son chef, il conclut de manière abrupte et grave :

— Colonel, je ne pense pas que cette race soit hostile.

— Tiens donc. Qu'est-ce qui vous fait dire cela ? demanda-t-il comme s'il s'était attendu depuis longtemps à cette remarque.

— Ils nous offrent un cadeau inestimable en gage de leur amitié : la terraformation de Vénus pour qu'on la colonise. Toutes les constantes physiques montrent clairement qu'elle sera faite pour que l'espèce humaine y habite de manière pérenne.

— Je pense que vous allez un peu vite en besogne, Sergent. Qu'est-ce qui vous fait penser que c'est un cadeau ? Quels indices au juste vous permettent d'en être aussi sûrs ? Ce nouveau monde leur est peut-être destiné comme un avant-poste avant de s'emparer de notre Terre. C'est plus aisé d'attaquer de cette manière que de rester dans le vide de l'espace. Je vous rappelle que le passage de Hercolabe au voisinage de la Terre a provoqué un sacré bordel. Notre civilisation a été considérablement affaiblie. Je doute que cela soit une malheureuse coïncidence. Ma théorie est plus plausible. Si vous voulez me convaincre de la vôtre, il faudra me donner mieux.

— Le Colonel a raison, renchérit le Capitaine Yeoh. Vénus pourrait être un avant-poste d'invasion ou une planète de déportation des populations terriennes… Qu'en savons-nous ? Il y a de multiples théories valables et pour moi, elles sont toutes en notre défaveur. Réfléchissez : les chances que ces êtres nous offrent gratuitement une planète entière sans aucune autre contrepartie que leur amitié sont minimes, Pierce. Votre vision est enfantine et naïve. Le Premier ministre de la France peut témoigner. En fait, non …, puisqu'il est mort.

— Je suis sûr que cette mort qui nous a beaucoup surpris était un accident malheureux et nullement intentionnel. Des êtres aussi intelligents auraient fait tout ce chemin, traverser toute la galaxie pour nous asservir ou nous détruire et d'une manière aussi sophistiquée et détournée ? s'interloqua le Sergent. Je n'y crois pas.

— Pierce, vous savez que j'ai de l'estime pour vous, mais intelligence n'est pas toujours synonyme de bienveillance. Bien au contraire…, intervient Zirignon.

— Mais pourquoi ne pas s'emparer directement de notre planète au lieu de s'embêter à en rendre une autre habitable ? Écoutez, je suis là pour évaluer la menace du point de vue sociobiologique, n'est-ce pas ? Je vous affirme qu'il n'y a aucune menace. Qu'en déplaise au lobby de la colonisation martienne, la planète rouge va être désertée au profit de Vénus, la nouvelle planète bleue. Elle a toujours été délaissée par les ambitions humaines. La sœur jumelle démoniaque de la Terre s'est assagie. Elle n'attend qu'à être ensemencée par l'Homme.

— Vous divaguez, Sergent. Il n'est pas question que nous déposions des germes sur cette planète ! Ce n'est pas notre mission, vous entendez ! Nous nous poserons là où sera détecté tout signe de vie alien. Nous évaluerons le danger et nous éradiquerons si nécessaire l'éventuelle menace.

— Détruire un monde offert de bonne grâce par Dieu avec cette bombe pire que l'atomique ?

Le Colonel fit une drôle de tête lorsqu'il entendit le mot « Dieu ». Ses traits se raidirent affreusement :

— Ne m'obligez pas à vous mettre aux arrêts. Toute sortie extra-véhiculaire vous est interdite jusqu'à nouvel ordre. Je ne vous fais plus confiance.

— C'est clair, Colonel. Vous voulez plutôt dire que vous ne me faites pas confiance depuis le début. Mais d'où vous vient cette défiance envers moi ? En fait, je le sais très bien ! Quel problème avez-vous avec les croyances ? Je sais ce qui vous est arrivé… à votre épouse. Tout le monde le sait. Alors, est-ce que c'est moi qui me laisse dicter par mes émotions ou alors est-ce vous…, Colonel… ?

— Dois-je rajouter l'insubordination ? lui demanda-t-il en le perçant du regard. Faites très attention à vous ! C'est quelque chose que je ne tolère pas dans une chaîne de commandement. Je mets cela sur le compte de cette situation qui est particulièrement inédite mais ne me poussez pas à bout, je vous préviens. On ne vous demande pas ici d'avoir des convictions d'ordre moral ou religieux mais d'être professionnel et d'utiliser les faits, rien que les faits, pour établir des conclusions scientifiques !

— Colonel, avec tout le respect que je vous dois, vous ne répondez pas à ma question…

Kervallen, interloqué, s'emporta pour de bon :

— Vous savez pourquoi la loi contre les pratiques et la propagande des religions avait été votée à l'unanimité par l'Alliance Terrienne à la Grande Reconstruction ! C'est parce que des croyants fanatiques ont provoqué sciemment le Jour de Bascule ! Vous ne l'ignorez pas, alors ne dites pas que cela a à voir avec moi !

— Ce sont les Hommes le danger, pas les croyances, tenta-t-il de le raisonner. Nos dirigeants n'ont-ils pas fini par le comprendre et n'ont-ils pas aboli cette loi injuste ?

— Injuste ? Dites-le aux milliards de gens, dont ma femme, qui sont morts. Ce n'est pas parce qu'elle a été abolie que c'était une bonne idée, Pierce. Nos bons dirigeants n'ont pas la sagesse infuse et vous, mieux que quiconque, devriez le savoir.

C'est alors qu'au milieu de ce duel, apparut une vision fantastique : Hercolabe, émergeant du croissant bleu vénusien. Sa beauté mit fin au pugilat. Bien qu'elle ait perdu près de la moitié de son volume par vaporisation de son océan, elle était tout de même aussi grosse que la Lune ou Ganymède[6]. Mais la comparaison s'arrêtait là. Elle était semblable à une boule lisse,

[6] Ganymède est le plus gros satellite de Jupiter mais aussi le plus gros satellite du système solaire

comme recouverte de taches de peinture à l'huile, rouges, jaunes, orangées, cramées par endroits. À cet égard, elle ressemblait plus au satellite Io de Jupiter. Mais sur Hercolabe, ce n'était pas le soufre qui était à l'origine de ces étonnantes couleurs mais bien les tholines qui s'étaient incrustées dans les roches hydratées en un enduit gras à présent indissociable de son support silicaté.

— Colonel, je détecte la signature radio des Superviseurs sur le satellite, prévint Zirignon.

— Merci, Lieutenant. Capitaine Yeoh, menez-nous au plus près de la cible. Nous allons préparer une sortie avec une nacelle. Lieutenant, Caporal, vous venez avec moi. Sergent, nous reparlerons de tout cela plus tard. Vous restez à bord et je ne veux pas vous voir à l'extérieur, … sous aucun prétexte. Est-ce que c'est clair et net dans votre esprit ?

— Oui, mon Colonel ! C'est clair et net.

— Et pour infos, lui jeta-t-il avec un regard plein de mépris, vous m'aviez assuré que vous ne décevriez pas. Vous avez échoué !

Et il partit enfiler sa combinaison spatiale armée pour rejoindre les deux autres dans la nacelle. Leur scaphandre thermo-isolant et moulé au corps leur donnait une apparence de motard de l'espace, très loin de l'image des astronautes « bibendum » des deux derniers siècles.

*
* *

L'atmosphère ténue de Hercolabe était un mélange de vapeur d'eau et de toxines d'hydrocarbures complexes. La température sous le Soleil atteignait les soixante-dix degrés. Lorsque la navette avait atterri, elle avait semblé s'être posée dans une colle fluide. En effet, toute la surface de Hercolabe était recouverte d'une substance marécageuse dans laquelle l'eau était mélangée à une bouillasse argileuse colorée pleine de matières organiques primitives et de minéraux alcalins ; et la pénible avancée des trois astronautes dans cette soupe les avait confortés dans cette idée. Ils étaient empêtrés jusqu'au genou, suivant obstinément le signal radio détecté.

Mais le lieutenant Zirignon s'arrêta après avoir admiré l'énorme croissant bleu que dessinait Vénus dans le ciel ocre de son satellite :

— Laissez-moi prélever quelques échantillons… On pourrait percer le secret de la vie prébiotique.

— Faites mais dépêchez-vous ! Je ne veux pas rester sur ce caillou trop longtemps, ni laisser Pierce sans surveillance…

Elle déballait son matériel. Le colonel en profita pour admirer le paysage surréaliste. Si Hercolabe semblait lisse vu de l'espace, il n'en était rien. Comme tout planétoïde rocheux, il était défigurée par des reliefs plus ou moins marqués : des crevasses, des collines rondes ou parfois aiguës ou escarpées, des plaines, des failles… et des ouvertures comme des grottes qui paraissaient sans fond.

— Colonel. Le signal semble provenir de là-bas.

— Mettez en charge vos armes soniques. J'espère qu'on n'aura pas à les utiliser…

Le caporal Strofimenkov, qui tenait l'appareil de détection, indiquait l'entrée d'une de ces grottes qui se situait en plein milieu d'une colline qui avait des airs furieux de pyramide égyptienne. Zirignon venait de terminer. Ils repartirent et après quelques mètres exténuants dans cette vase extraterrestre, ils escaladèrent les quelques mètres qui les séparaient de l'ouverture et s'engouffrèrent, non pas sans appréhension, dans la structure. C'était un long couloir sombre qui n'avait rien d'inhabituel pour une grotte, du moins dans les treize premiers mètres.

Mais ensuite, le couloir, qui était devenu pentu, avait des parois aussi lisses que du verre. Ils marchèrent sans discontinuer pendant une vingtaine de minutes lorsqu'ils débouchèrent enfin dans une vaste salle rectangulaire.

— Je ne suis pas sûr que ce soit la nature qui ait produit cela…, déclara Strofimenkov.

— Vous avez décidé de remplacer Pierce ? ironisa Kervallen.

— C'est prodigieux ! Ça doit mesurer au moins trois cents mètres ? Qu'en dites-vous ? demanda Zirignon.

— Au moins… Mais c'est le signal qui m'intéresse…

— Là-bas, mon Colonel. Il y a quelque chose.

Le caporal Strofimenkov indiquait une sorte d'autel qui se trouvait au beau milieu de la pièce. Un étrange objet était posé dessus. Et c'était lui sans aucun doute qui émettait les ondes radios détectées.

Chapitre 6 – La sphère

Trois heures plus tard, Kervallen, Zirignon et Strofimenkov revinrent de leur expédition à la surface de Hercolabe. Leur combinaison était salie comme s'ils avaient fait un trek dans une peinture de Cézanne. Le Lieutenant portait une valise d'échantillons du sol et le Caporal un coffre de confinement.

Le Colonel leur ordonna :

— Au labo ! Je vous rejoins tout de suite…

— Mon Colonel, qu'avez-vous trouvé ? osa demander Pierce, anxieusement.

Il le toisa quelques secondes puis finit par lui répondre :

— Nous avons trouvé facilement la source émettrice, non sans mal pour y arriver dans cette bouillie de pastels. Mais cela a été presque trop facile. Nous l'avons rapporté avec nous pour que vous l'étudiiez. Mais je vous préviens, je vous ai à l'œil.

Puis à l'intention du pilote, il lança :

— Yeoh, rejoignez-nous aussi !

Le laboratoire de la frégate Hermès était digne d'un laboratoire P4 assermenté pour étudier des virus mortels tels qu'Ebola[7]. Yeoh et Strofimenkov attendaient avec le Colonel et observaient de l'autre côté du cloisonnement Pierce et Zirignon s'affairer autour du butin dans leur scaphandre anticontamination. Ils avaient délaissé intentionnellement les échantillons du sol qu'ils savaient être un mélange de silicates et de tholines, et s'étaient jetés au contraire avec avidité sur le coffre de confinement. Le Lieutenant Zirignon en avait extrait une sphère, lourde, grosse comme un ballon de basket, dorée, parcourue de sillons et recouverte d'une couche de verre d'une lisseté surnaturelle.

Le Lieutenant Zirignon l'examina au compteur Geiger à scintillation :

— Il n'y a pas de radioactivité… Aucune émission à part des ondes radios.

---

[7] Agent virale d'une fièvre hémorragique extrêmement contagieuse

Ils mirent ensuite l'étrange sphère dans un scan multifocal. Elle fut exposée à des rayons X, des rayons ultraviolets, des infrarouges, des micro-ondes, et à différentes formes d'ondes acoustiques et des champs de résonance ; ils scrutèrent ensuite les moindres millimètres carrés de sa surface au microscope à effet tunnel, et après trois quarts d'heure de manipulation minutieuse, le Sergent Pierce commença à donner les premiers résultats pendant que le Lieutenant Zirignon poursuivait consciencieusement l'étude de l'objet :

— La sphère mesure vingt-cinq centimètres de diamètre environ. D'après sa densité, sa masse, et les résultats du scan, on peut déduire qu'elle est constituée d'un noyau au centre qui occupe soixante pour cent du volume. Il est fait d'un mélange de carbonado[8] et d'autres formes allotropiques du carbone. Je pense : des fullerènes et des carbo-nanotubes. Le noyau est recouvert d'un manteau qui occupe trente pour cent

8 Diamant de couleur noire formé d'agrégats polycristallins qui se forme naturellement dans l'espace

du volume. Il est constitué d'un alliage métallique qui a des propriétés conductrices et semi-conductrices.

— La nature de l'alliage ? demanda Kervallen.

— Difficile à dire encore. Un mélange hétérotrope d'osmium, d'iridium, de platine, d'or, de palladium… La structure du manteau est hétérogène. Vous voyez les lignes, Colonel ?

— Oui…

— Eh bien, elles s'enfoncent jusqu'au manteau et forment un labyrinthe 3D à l'intérieur.

— Structure hétérogène, vous dites ? Un labyrinthe ? réfléchissait Zirignon. Serait-il possible que ce soit un circuit imprimé électronique en trois dimensions ?

— C'est fort possible, Lieutenant. Possible à quatre-vingt-dix-neuf pour cent, je dirai. Il y a ensuite une gaine qui occupe juste neuf pour cent du volume. Celle que l'on voit en transparence. Un alliage fortement magnétique de platine et de cobalt. Le un pour cent restants du volume est une pellicule de quartz pure.

— Mon Colonel, intervint le Lieutenant, ce n'est pas un simple émetteur, c'est un ordinateur. L'ordinateur le plus complexe et le plus sophistiqué que je n'ai jamais vu. C'est une sorte de cerveau positronique. Si nous devons rencontrer la race qui l'a fabriqué, prions qu'elle ne soit pas hostile parce que nous plierons l'échine en moins de deux face à elle.

— Et cet ordinateur fonctionne encore ou ne fait-il qu'émettre des ondes radio ?

— Il ne fait qu'émettre pour le moment, Colonel. Il est peut-être endommagé. Après un si long voyage et dans ces conditions extrêmes, ce ne serait pas étonnant.

— Mais peut-être, qu'il est éteint et qu'il faut juste l'allumer ? ajouta le Sergent.

— Ne m'obligez pas à vous ordonner de sortir du laboratoire, Pierce. Nous n'allumerons pas cette chose !

— Mon Colonel, avec tout mon respect encore une fois, quel danger y a-t-il à allumer un ordinateur ? Au pire, il nous sera demandé un mot de passe que nous n'avons pas ; au mieux, nous pourrions accéder à des technologies qui changeront le monde ou qui nous aideront à combattre ceux qui ont fabriqué cette merveille…, s'ils sont hostiles…

Il réfléchit quelques instants :

— D'accord. Vous n'avez pas tort sur ce coup. Mais la prudence s'impose. Ne faites rien sans vous concerter et sans me demander la permission. C'est entendu ?

— Affirmatif, mon Colonel. (Poursuivant sa présentation) : Les lignes, les sillons que l'on voit en surface forme une succession de symbole, des pictogrammes mais qui ne sont visibles qu'au microscope. Certaines semblent clairement, par leurs associations et leur succession, être un programme génétique. Voyez là Zirignon, quatre symboles, ça pourrait être A, T, G et C[9], non ?

— Oui, tout à fait, vous avez raison.

---

[9] Adénine, Thymine, Guanine et Cytosine, les quatre briques de la vie constituant l'ADN

— Mais pour les autres pictos, je ne sais pas du tout. Il n'y en a plus de vingt-deux, donc rien à voir avec les acides aminés… Peut-être un vrai alphabet ou des idéogrammes.

— J'imagine que personne n'a un diplôme de linguistique ? demanda ironiquement Kervallen.

— J'aurai aimé vous dire oui, Colonel, répondit le Capitaine, désolé.

— Bon, allez ! Je vais faire mon rapport à l'Alliance Terrienne. Sortez du labo. Zirignon, Pierce, regardez si vous pouvez trouver des correspondances sur le Net. Les langues et écritures anciennes pourront peut-être nous aider. D'après ce qui m'a été dit, ce n'est pas la première fois qu'ils visitent notre Système solaire. Ils sont déjà venus par le passé.

Chapitre 7 – Les Superviseurs

Le Colonel Kervallen faisait un rapport détaillé de la mission à l'amiral qui se trouvait sur Terre, grâce à un émetteur-récepteur à intrication quantique qui permettait une communication instantanée et ce, même s'ils s'étaient trouvés chacun d'un bout à l'autre de la galaxie. Le reste de l'équipage explorait le TriNet pour tenter de traduire les inscriptions. C'est alors que dans le laboratoire, dans son coffre de confinement, la sphère des Superviseurs se mit à émettre des ondes de nature inconnue qui oscillait à une fréquence entre quatre et demi et huit Hertz. Le cerveau humain semblait être particulièrement perméable et réceptif à ce type d'onde, celui du Sergent Pierce plus que les autres. Il semblait y être connecté comme un ordinateur à un routeur par WI-FI. Il en ressentait les effets alors que les autres ne s'apercevaient de rien.

— Bonjour Sergent Elliott Sam Pierce. C'est bien ton nom ?

Le Sergent leva la tête et serait tombé à la renverse s'il n'était pas déjà en train de flotter. Il voyait devant lui un enfant légèrement brillant, comme une apparition angélique à des millions de kilomètres de la Terre. Il se demandait comment un enfant aurait pu monter à bord clandestinement, survivre seul pendant la traversée et surtout, passer inaperçu jusqu'à ce moment.

— Zirignon… ? Je crois que j'ai la berlue. Est-ce que les taux de dioxyde carbone sont bons ?

— Qu'avez-vous Pierce ? Vous vous sentez bien ?

— Vous ne voyez pas… ? avait-il commencé.

Mais l'enfant lui intima de se taire :

— Chut. Elle ne peut ni me voir, ni m'entendre. Dis-lui juste que tu dois faire une petite crise d'hypoglycémie. Et viens me rejoindre en cuisine. Je suis un Superviseur et j'ai besoin de ton aide.

Il lui obéit :

— Je…, j'ai juste besoin de manger un peu. Tout va bien, ne vous inquiétez pas. Je vais en cuisine me faire un petit encas.

— Je vous accompagne.

— Non ! hurla-t-il. Je veux dire, ce n'est pas nécessaire, je reviens dans cinq petites minutes. J'ai juste besoin de souffler un peu.

— Pas de soucis, Pierce.

Quand il arriva dans la cuisine, elle était vide. Il se servit un peu d'eau et entama une galette d'insectes séchés, persuadé que son cerveau affamé lui jouait des tours ; quand l'enfant réapparu soudainement devant lui. Il n'était pas seul mais avec une petite fille à peine plus âgée que lui. Contrairement à lui qui était en impesanteur, les enfants étaient solidement ancrés au sol. Ils le regardaient presque amusés comme un ballon de baudruche qui flotte. Puis, ils prirent un air plus sérieux :

— Bonjour Elliott, dirent-ils d'une seule voix. Nous avons besoin de toi.

— De moi ? demanda-t-il incrédule. Pour quoi faire ? Pourquoi moi ?

— Parce que toi, tu as la foi. Tu es notre seul espoir pour que nous nous rendions sur Terre et que nous expliquions à l'humanité tout entière le cadeau inestimable que nous lui faisons.

— Vénus ? Vénus est ce cadeau, n'est-ce pas ?

— Vénus et bien plus encore. Plus de guerre, plus de famine, plus de maladie. Votre condition de souffrance sera vaincue.

— Vous voulez nous offrir vos technologies ? déduisit-il. Je ne suis pas sûr que l'humanité soit encore mature pour cela.

— L'humanité telle que tu la connais, non. Mais nous avons le moyen de la transformer. Nous pouvons te montrer.

— Comment ?

— La sphère. Prends-la, elle te montrera. Touche-la et tu verras.

— Je ne suis pas sûr que ce soit une bonne idée…

— N'aie pas peur du Colonel. Pour le moment, il ne comprend pas et a peur. Mais quand il verra, il sera libéré et tous te remercieront. L'âge d'or de l'humanité est à votre porte et c'est toi qui en as la clé.

Pierce hésitait toujours :

— Pourquoi ne pas leur montrer aussi ?

— Certaines personnes réagissent mal quand nous interagissons avec eux. Le décès du Premier ministre français en est un exemple. Nous ne voulons pas leur faire du mal. Toi, tu sembles avoir une particularité qui t'épargne.

— C'était donc un accident… C'est entendu, dit-il résolument.

Les enfants disparurent aussitôt. Pendant ce temps, à l'autre bout du vaisseau, le Lieutenant Zirignon interpellait les autres par intercom. Elle était excitée par une découverte :

— Capitaine, Caporal, venez voir. Je pense que j'ai trouvé une correspondance. La civilisation anténokienne[10]. Plus de cinq

[10] Plus ancienne de 4 millénaires que la civilisation Nok dans l'actuelle Nigéria ; elle serait liée à l'Atlantide dont l'existence fut démontrée en 2056

mille ans avant Jésus-Christ, en Afrique de l'Ouest. Il y a un lien aussi, semble-t-il avec les Dogons. Regardez, les pictogrammes correspondent.

— Je ne suis pas experte mais il n'y a pas de doute. S'il y a un lien avec les Dogons, il y a un lien avec les Nommos[11]. Qu'en pensez-vous Strofimenkov ?

— Je suis d'accord avec vous. Ça coïncide parfaitement avec la provenance de l'astre : l'étoile Sirius C. Est-ce qu'il y a un moyen de traduire ?

— Ce n'est plus de notre ressort, répondit Kervallen. Les experts en la matière sur Terre s'en chargeront. Il faut leur transmettre l'information.

Dans cette ébullition, le Sergent Pierce en profita pour se glisser en douce dans le laboratoire. Il avait libéré la sphère des Superviseurs de son confinement et la tenait avec ses deux mains sans aucune protection. La sphère avait déployé à sa surface des instruments nanoscopiques qui prélevaient

---

[11] Les Nommos, dans la mythologie Dogon, sont des génies ou des dieux liés à l'élément aquatique.

des cellules de sa peau pour étudier toute son ADN, nucléotides par nucléotides. Irradié à forte dose par ces mystérieuses ondes, il tomba dans une sorte d'extase de laquelle aucune douleur induite n'aurait pu le sortir. Son esprit était projeté dans un lointain passé. Il pouvait voir et entendre ce qui était arrivé à Hercolabe et l'origine des Superviseurs :

« La race qui nous a construits est incroyablement ancienne et d'une avance technologique incommensurable. Ils nous ont créés dans le but de les servir et de les protéger. Leur intelligence allait de pair avec leur sagesse mais pour certains d'entre eux l'intelligence rimait plutôt avec folie et démesure. Les oppositions au sein de leur civilisation galactique se sont transformées en guerre totale, puis ce fut l'annihilation pure et simple. Nous sommes restés seuls, l'ultime témoignage, le dernier vestige d'une espèce glorieuse. Nous avions échoué dans notre prérogative première qui était de la protéger y compris d'elle-même. Nous avons parcouru les univers à la recherche de vie et nous vous avons trouvés. Humanité, vous leur ressemblez en de nombreux points. Jeune tout d'abord, mature à présent pour votre ultime mutation. Il vous reste encore des instincts belliqueux, des obsessions de domination et d'expansion que nous allons éradiquer à tout jamais. Ainsi, nous auront été digne de la tâche qui nous avaient été confiée, jadis ».

Le Sergent Pierce sortit de son extase dans un état proche de la dépression, comme une descente après une prise de drogue dure.

— Je me sens mal… Qu'est-ce que vous m'avez fait ? demanda-t-il en reposant péniblement la sphère.

Les deux enfants en face de lui le regardaient avec un sourire plein de compassion :

— Ne t'inquiète pas. Tu iras beaucoup mieux dans quelques minutes. Ton sacrifice n'est pas vain.

— Mon sacrifice ? demanda-t-il.

— Nous avons modifié ton génome. Mais tu dois garder le secret jusqu'à ton retour sur Terre. Là, tu l'ensemenceras. Et la nouvelle humanité naîtra.

— Je ne comprends pas…

— Tu comprendras plus tard. Va…

Il rejoignit ses coéquipiers qui paraissaient inquiets.

— Pierce, où étiez-vous ? Vous ne répondez même pas quand on vous appelle à l'intercom.

— En cuisine, pour souffler. Une petite hypoglycémie passagère, Colonel. Je m'excuse, l'intercom doit être éteint.

— Je ne vous ai pas vu en cuisine, rétorqua Zirignon.

— Parce que je suis allé ensuite aux toilettes, persiffla Pierce, particulièrement à fleur de peau. Dois-je publier mon journal de bord avec mes moindres déplacements, faits et gestes ? !

— Non, mais calmez-vous, Pierce. Vous êtes blanc comme un linge, s'inquiéta Kervallen.

— Oui, excusez-moi. Mon pancréas me fait légèrement souffrir. Mais ça passera vite. J'ai pris des comprimés.

Le mensonge du pancréas transitoirement défaillant était passé comme une lettre à la poste. Après tout, ne lui avait-il pas dit qu'il avait eu des antécédents familiaux.

— Passons, passons… Il y a des choses plus graves : nous devons détruire la sphère.

— Pardon, Colonel ? Pourquoi ?

— Le Lieutenant Zirignon a contribué à la traduction des pictogrammes. Et ce n'est pas bon du tout. L'amiral a ordonné sa destruction au plus vite. Zirignon a émis la bonne idée de l'envoyer dans le Soleil. Est-ce que vous y voyez un inconvénient ?

A ce moment, l'un des enfants réapparu quelques secondes et n'était visible que de lui seul :

— Tu vois, il vous reste encore des instincts belliqueux, des obsessions de domination et d'expansion que nous devons éradiquer à tout jamais. Si toi, tu arrives sur Terre sain et sauf, nous n'aurons pas failli à notre mission. C'est la seule chose qui compte à présent.

En disant cela, l'intelligence artificielle de la sphère des Superviseurs, qui se manifestait sous forme d'enfants humains, sûrement pour paraître inoffensive, avait signifié au pauvre Pierce qu'elle acceptait le sacrifice ultime, à condition que lui-même arrive à bon port.

— Sergent ? ! insista Kervallen.

— Non, Colonel. Cela ne me pose aucun problème. Puis-je vous suggérer un moyen plus efficace et rapide ? demanda-t-il pour gagner sa confiance.

— Allez-y, répondit-il surpris par son initiative.

— Nous pouvons accrocher la sphère à la bombe à antimatière et la faire sauter dans l'espace à bonne distance.

— J'approuve. Zirignon, étudier la faisabilité et la meilleure fenêtre de tir. Yeoh, Strofimenkov, préparez-vous à larguer les amarres, nous rentrons chez nous.

*
* *

Quelque temps plus tard, lorsque le Colonel était prêt à border le Sergent pour le voyage du retour :

— Est-ce que nous avons bien fait de la détruire ? demanda Pierce qui regrettait.

— Pourquoi ? Vous en doutez ?

— Je ne sais pas ce que disait cette traduction. Je vous ai fait confiance.

— Et vous avez eu raison. Vous avez été un bon soldat. C'est ce qu'on vous demande, être professionnel. Vous êtes remonté dans mon estime, sachez-le.

— Que disait la traduction, mon Colonel ? demanda-t-il encore, se fichant totalement d'être remonté dans l'estime de cet homme qu'il trouvait psychorigide.

— Les autres ne le savent pas non plus. C'est classé. Personne à bord à part moi n'a le niveau d'accréditation nécessaire.

Le Sergent osa lui tenir le bras et lui dit droit dans les yeux :

— Colonel, j'ai mis mes convictions de côté et je vous ai fait confiance. J'ai besoin de savoir avant de m'endormir que ce que j'ai fait valait la peine.

Kervallen se dégagea de son étreinte, lui mit le masque et enclencha la procédure de stase. Juste avant qu'il ne s'enfonce dans le sommeil, il lui murmura :

— Si cette chose était arrivée sur Terre, elle aurait balayé notre civilisation. Ce que vous avez fait valait la peine. Croyez-moi.

Chapitre 8 – L'Aube nouvelle

La navette spatiale Hermès fut de retour au spatioport Ferret-Galinier le 15 août 2118 avec à son bord les cinq officiers militaires sains et saufs de l'Alliance Terrienne. Aussitôt débarqués, ils furent transférés dans des salles d'isolement dans la station spatiale supérieure. Le protocole exigeait pour ce type de mission que les officiers soient séparés, interrogés et auscultés pour détecter une éventuelle exposition à un agent biologique susceptible de provoquer une épidémie. Une isolation de trois jours qui pouvait potentiellement se prolonger par une quarantaine.

Le sergent Pierce était assis, vêtu d'une simple chemise et d'un simple pantalon à ficelle en lin blanc. Il était relié par des capteurs à une machine qui analysait en temps réel ses biorythmes. En face de lui, séparé par une simple table en fer, un médecin recouvert de la tête au pied d'une combinaison d'anticontamination suivait le protocole à la lettre en lui posant les questions d'usage. À chaque réponse, il observait les voyants d'alerte de la machine :

— Comment vous sentez-vous, Sergent ?

— Plutôt bien. Je vous remercie.

— Vous sentez-vous malade ou différend ?

— Non, je vais bien.

— Ressentez-vous des symptômes anormaux ou inhabituels dus aux voyages interplanétaires ?

— À part une légère migraine, rien du tout. Mais c'est dû au voyage, n'est-ce pas ?

— Avez-vous ressenti au cours du voyage du ressentiment envers l'un des membres de l'équipage, plusieurs membres ou vous-même ?

Il prit son souffle et répondit :

— J'ai eu effectivement une dispute avec le colonel mais rien de grave qui n'a pu être réglé par de la communication.

— Avez-vous été violent ou pensé à être violent envers l'un des membres de l'équipage, plusieurs membres ou vous-même ?

— Je me suis disputé comme je vous l'ai dit mais rien de grave. Je peux vous assurer que je n'ai eu ni crise paranoïaque, ni psychotique. Les autres l'attesteront.

— Veuillez-vous cantonner à répondre aux questions, s'il vous plaît. Aucun commentaire n'est nécessaire.

— Très bien. Excusez-moi. Continuez.

— Sergent, avez-vous été à un moment ou à un autre en contact direct avec un artefact ?

Ses pupilles se dilatèrent imperceptiblement. Mais il eut un tel contrôle de lui-même que la machine ne put détecter le mensonge :

— Non. Jamais. Toutes les précautions ont été prises.

— Pensez-vous avoir été en contact à un moment ou à un autre avec un quelconque agent biologique vivant ou mort, ou une substance minérale ou organique étrangère ?

— Jamais.

— Avez-vous quelque chose de particulier à me dire ?

— Rien. Docteur. Ça a été une bonne expédition.

— Bien. Nous allons procéder à divers prélèvements biologiques pour nous assurer que vous n'avez été exposé à rien d'étranger et de dangereux. Vous ressortirez dans trois jours si les tests s'avèrent tous négatifs.

— Bien. C'est entendu.

Et le médecin sortit pour laisser place aux infirmiers en combinaison.

Au cours des examens, rien de particulier ne fut décelé. Le changement de taille de la pupille au cours de l'interrogatoire avait bien été remarqué au cours des nombreux visionnages par des professionnels de l'interrogatoire. Mais les experts conclurent qu'il n'y avait aucune raison de le garder en quarantaine pour si peu.

Ainsi, trois jours plus tard, l'équipage héroïque au grand complet fut traîné dans une cérémonie très solennelle au cours de laquelle chacun fut décoré de la plus haute distinction militaire en présence du roi Henri V et d'autres hauts dignitaires du monde. Ils célébraient une victoire, mais en réalité leur échec était cuisant. Le Sergent Eliot Sam Pierce était en réalité porteur sain d'un agent fongiforme hautement contagieux et agressif que la sphère des Superviseurs avait élaboré à partir de son propre ADN quand ce dernier l'avait tenu dans ses mains. Sa détection était impossible car le génome du microbe était noyé au cœur de ses cellules souches. Lorsqu'il fut en contact étroit avec d'autres humains, la phase lysogène du champignon, c'est-à-dire sa phase de sommeil, prit fin. Chacune de ses expirations libérait dans l'air des millions de spores qui contaminaient chaque être humain présent dans le spatioport. Puis, ces derniers, voyageant, emportèrent avec eux le germe partout sur Terre, sur les cités minières lunaires et astéroïdiennes.

La médecine échoua à trouver un vaccin face à la fulgurance de l'épidémie qui devint en une quinzaine de jours seulement une pandémie, en dépit des restrictions de confinement de la population prises par toutes les nations du monde.

Les enfants, parce qu'ils sont moins imprégnés par les hormones stéroïdes sexuelles, allaient en être les réservoirs et produire des spores en quantité sans en être affectés. À situation désespérée, mesures désespérées : il fut ordonné de les parquer dans des camps de quarantaine par millions, sans succès.

Par contre, les hommes, à cause de la testostérone, périssaient tous, les uns après les autres, d'une maladie que l'on nomma la peste androcide. En trois mois, plus de soixante-dix pour cent des adultes de sexe masculin étaient décédés. Dans la détresse, les survivants avaient trouvé la solution extrême de la castration chimique.

Les femmes, grâce aux œstrogènes, survécurent mais elles furent transformées. Les spores développaient un réseau dense de mycélium dans leur système nerveux : elles étaient toutes connectées entre elles comme un seul et même organisme, modifiant profondément les personnalités de chacune. Oubliant leur ancienne vie, elles étaient devenues quelqu'un d'autre, comme possédées par des entités. Un ordre collectif puissant leur intimait de se mettre en chasse pour éliminer les derniers hommes, y compris les plus jeunes et ceux qui avaient résisté à la peste androcide.

Un an plus tard, les seuls individus porteurs d'un chromosome Y qui avaient survécu se trouvaient sur les colonies de Mars, Phobos et Deimos, les seuls mondes qui avait réussi à mettre en place un blocus efficace.

C'est à ce moment-là que la nouvelle humanité naquit : les femmes enfantèrent par parthénogenèse les premiers nouveaux enfants : des jeunes garçons et des jeunes filles ; Humains en apparence, ils étaient plus forts, plus résistants et leur instinct les poussait à regarder dans le ciel, de jour comme de nuit, l'endroit exact où se trouvait Vénus, la nouvelle Terre promise.

*
* *

Un grand mal pour un grand bien, sans doute. Un nouveau départ pour une nouvelle humanité qui, nous l'espérons, ne refera pas les mêmes erreurs que son aînée.

SECONDE PARTIE
La Planète Sanctuaire

Il est toujours difficile de comprendre les autres dans leur différence. L'hybris, l'intolérance et la convoitise sont nos plus grands ennemis. Les persécuteurs d'hier sont les persécutés de demain. Une spirale qui semble sans fin. Ou peut-être que... l'espoir ?

Chapitre 1 – Mars

Sur notre bonne vieille Terre, c'était l'an de grâce 2 583. Mars et ses dépendances, peuplées de plus d'un milliard d'âmes, étaient devenues les héritières officielles des civilisations humaines disparues, après qu'un terrible agent biologique, quatre siècles plus tôt, ait exterminé toute trace des porteurs du chromosome Y sur la Terre et sa banlieue (la Lune et les astéroïdes troyens). L'humanité, après ce drame, était pourtant toujours la même : ingénieuse et aventureuse, certes ; mais toujours aussi belliqueuse et possédée par sa soif de richesses et de domination. Les Martiens n'étaient pas spécialement un peuple à plaindre. La majorité vivait dans l'opulence et le gaspillage. Tout ou presque y était permis à différents degrés. Mais, une seule chose était interdite sous peine de mort : croire.

« SEULES LES SCIENCES ET LES CONNAISSANCES MÉRITENT D'ÊTRE VÉNÉRÉS »

Cette devise pouvait être lue sur tous les frontons des bâtiments institutionnels. Toutes formes de spiritualités, de religions et de superstitions étaient formellement proscrites et l'Inquisition Scientifique, ou l'I.S., livrait une guerre sans merci à ceux et celles qui ne se conformaient pas à cette loi suprême. Les condamnés faisaient l'objet de vexations, d'humiliation et de spoliation avant leur exécution publique lors de jeux de cirque. Les pauvres prisonniers s'y faisaient dévorer par des bêtes sauvages devant des enfants, des femmes et des hommes ivres qui hurlaient et applaudissaient de joie à chaque coup de crocs et de griffes plantés, en mangeant et en buvant alcools et boissons sucrées, parfois jusqu'à l'apoplexie. Toutes ces cérémonies étaient retransmises et grassement relayées par les réseaux sociaux et les médias, jusque dans les écoles, pour divertir mais aussi former et prévenir la population, dès le plus jeune âge, que jamais aucune exception ne serait faite.

Cette situation, que l'on aurait trouvée choquante au XXIe siècle, était la conséquence d'une régulation scientifique des mœurs. En voulant endiguer les vols, les meurtres et la violence, l'I.S. avait décidé de délivrer des permis de procréer uniquement aux personnes aptes et possédant des gènes de docilité. Cette mesure extrême avait conduit la population martienne à une chute dramatique de la natalité et aurait condamné cette civilisation à une lente agonie si l'I.S. n'avait pas mis en place cette seconde mesure : compenser le déclin démographique en généralisant le prélèvement obligatoire de gamètes[12], qui étaient ensuite génétiquement modifiés afin que les futurs individus, qui en seraient issus par fécondation *in vitro* et ectogenèse[13],

[12] Ovules et spermatozoïdes

[13] Grossesse qui se déroule dans des utérus artificiels externes

correspondent aux normes sociétales et physiques de l'I.S. Ce lent processus avait amorcé une disparition flagrante des capacités d'empathie au sein de la population. Et pour effectivement juguler la violence latente, il leur a fallu, pour finir, créer ces jeux plusieurs fois par an, pour assouvir les pulsions enfouies. Aussi horrible et étonnant que cela puisse paraître, la méthode fonctionnait.

Le dix-septième mois de cette année martienne avait été particulièrement fructueux pour les inquisiteurs. Les Affabulateurs, comme ils se faisaient appeler, étaient de plus en plus difficiles à débusquer. Ils rivalisaient d'astuces et d'artifices pour pratiquer leurs croyances dans la clandestinité la plus totale. Mais aussi, comble de l'illégalité, ils procréaient et enfantaient comme des animaux, c'est-à-dire sans l'aide de la sélection des gamètes et de l'ectogenèse. Pourtant, la stratégie de l'I.S. qui avait consisté à noyauter leur communauté de l'intérieur en y installant des taupes qui pouvaient rester en place pendant des années et même y fonder des familles, avait fonctionné. La confiance endormie des pasteurs avait envoyé des milliers de leurs brebis à l'abattage. Et ce jour-là, ce n'était pas moins de cent trente-sept enfants, clandestins parce que nés naturellement, qui se blottissaient les uns contre les autres et presque autant d'adultes terrorisés qui se retrouvaient au milieu d'une arène devant des milliers de spectateurs moqueurs, clamant avidement que leur sang coule.

Les grands stades de football américain faisaient pâle figure face à l'Empire Coliseum construit non loin du palais de Sabador, ou palais des sciences, demeure séculaire des grands inquisiteurs et siège du pouvoir de l'I.S.

La Grande Inquisitrice Sophie VI, la doyenne des scientifiques, était présente dans ce temple de la violence et à ses côtés les présidents des nombreuses républiques de Mars, Cérès, Phobos, et Deimos ; trois cent trente-trois étaient à sa droite et trois cent trente-trois à sa gauche. C'était plutôt inhabituel qu'une femme prenne le pouvoir sur Mars, dans ce monde résolument patriarcal, où l'émotion et les sentiments n'avaient que peu de place. Mais elle avait compris mieux que personne comment nourrir son ambition : avec la chair de ses rivaux. Et ce jour-là, il fallait nourrir la bête en montrant à ses potentiels détracteurs à quel point elle était sans pitié.

Elle se leva de son trône. Les gens se turent comme si un charme s'était propagé en une vague mystique. Tous alors l'imitèrent et se dressèrent comme un seul homme et ils déclarèrent la main droite sur le cœur leur credo de manière solennel et d'une seule voix :

Je crois en l'Ordre et au Chaos, les principes jumeaux, créateurs de l'Univers, de l'infiniment petit à l'infiniment grand et de la Vie.

Je crois en la Science, leur unique progéniture, source de toutes Raisons et mère de toutes vraies Connaissances. Née à la

préhistoire, elle a souffert sous l'ère des religions pour renaître digne et forte à l'âge d'or martien. Elle enseigne aux Hommes, les sauve d'eux-mêmes, de l'Ignorance et des Superstitions.

Je crois en l'Homme qui est maître de lui-même, de son destin, de la Nature et de l'Univers entier.

J'ai confiance en l'Inquisition Scientifique, garante de la sagesse humaine et gardienne de l'intégrité morale et éthique, quoi qu'il advienne et jusqu'à la mort.

Puis tous se rassirent sauf la grande Sophie qui prit la parole d'une voix forte, claire et dure :

— En ce jour béni…, sont livrés ici devant vous… les apostats…, les hérétiques…, les blasphémateurs…, les mécréants…, les schismatiques de la raison…, les Affabulateurs…, ceux qui ont osé renier la toute-puissante, sainte et noble foi SCIENTIFIQUE ! L'inquisition ne laissera pas impuni cet affront ! Elle n'abandonnera jamais notre civilisation à la déchéance et à la décadence morale et religieuse ! JAMAIS !

Puis, elle se tut en toisant toute la foule silencieuse. Elle se délectait de son pouvoir et laissait monter le plaisir car l'attente rendait plus hystérique encore cette foule avide de sang. Puis au bout de quelques secondes, elle souleva son bras, poing levé et déploya brutalement son pouce vers le haut qu'elle bascula aussitôt vers le bas, provoquant une marée d'applaudissements frénétiques et de cris presque simiesques. Elle se rassit aussi sec, satisfaite de son effet.

— Qu'on libère les brise-os ! Qu'on libère les brise-os ! pouvait-on entendre.

Les grilles à faisceau laser s'éteignirent. On entendit des grognements et des frottements inquiétants venant des corridors du sous-sol. Et c'est à ce moment que la première bête surgit, immense comme un éléphant, une sorte d'ours fauve et cornu arborant une insolente crinière et des rayures pourpres. La chose créée par génie génétique rugit de toutes ses dents aiguisées comme des poignards. Les spectateurs trépignaient de bonheur :

— Le brise-os ! Le brise-os ! Le brise-os ! acclamait encore la foule.

Puis un deuxième le suivit, puis un troisième, un quatrième. Au total, il y en avait dix de ces bêtes qui avaient encerclé les condamnés.

La Grande Inquisitrice demanda à son voisin immédiat :

— Où se trouve le Général Kervallen ? Ne devait-il pas être des nôtres pour cette magnifique occasion ?

— Votre Grâce, il me semble qu'il avait une affaire urgente à régler. C'est un homme très consciencieux.

Déçue tout de même de son absence, elle changea de sujet :

— J'espère qu'elles sont gravides et affamées… ? en parlant des immondes bêtes.

— Oui, votre grâce. Elles n'en sont que plus féroces. Elles ne feront qu'une bouchée de ces sous-hommes.

Un autre appuya ses propos :

— Nous devons purifier notre planète de ces attardés mentaux qui croient à des fables.

Un homme, chirurgien-dentiste de profession, qui se trouvait au bord de l'arène, aboyait de toutes ses forces :

— À mort, les gogos ! À mort ! À mort, les gogos ! À mort !

Il s'y appliquait tant et si bien dans son attitude violente qu'il bascula par-dessus la rambarde et fit une chute de quatre mètres pour atterrir dans l'arène la tête la première. Les autres, qui n'en avaient pas perdu une seule miette, ricanaient de plus belle et applaudissaient à s'en rompre les vaisseaux sanguins des mains. Le mauvais bougre avait miraculeusement survécu de sa chute et se relevait, sonné, presque assommé. Pourtant, il comprit vite et avec horreur sa situation ironique. Un brise-os l'avait remarqué et venait donc le rencontrer pour, aimablement, lui présenter toutes ses dents. Il courut se plaquer contre le mur raide, aussi lisse qu'un parquet de bowling. Puis, il lui vint l'idée saugrenue d'essayer de l'escalader, en vain.

Les tribunes n'en pouvaient plus de rire :

— Tu as besoin d'ailes ou d'aide… ? ! se moqua une fillette en plongeant goulûment sa main dans un carton rempli de confiseries. Crie plus fort, je ne t'entends pas bien ! disait-elle encore.

Il suppliait en larme qu'on vienne l'aider, qu'on vienne le sortir de ce guêpier, qu'on lui lance au moins une corde. Il implorait la grande Sophie. Mais tous riaient à gorge déployée et attendaient avec avidité le moment de la confrontation :

Le brise-os était arrivé à sa hauteur et se mit sur ses pattes arrière, écartant les membres supérieurs comme s'il voulait l'étreindre. Mais, en lui caressant juste le dos, de grandes déchirures profondes et ensanglantées apparurent aussitôt sur sa chemise, jusque dans la chair de l'infortuné. Il hurla de douleur, se retourna en levant les bras pour se protéger. La bête qui semblait amusée lui donna une petite tape à l'épaule pour jauger cette petite chose turbulente et bruyante dont ruisselait cet appétissant jus rouge. Son bras se détacha littéralement de son articulation et pendait comme un vieux chiffon.

Les condamnés lui faisaient de grands gestes et criaient pour l'inciter à les rejoindre. Envahi par le désespoir, il se résout à les entendre. Rassemblant le peu de courage qu'il avait, il tenta une échappée pour rejoindre le groupe mais le brise-os fondit sur lui au passage, lui saisit la jambe par la gueule pour le jeter à plusieurs mètres. Il virevolta avant d'atterrir, hagard et pleurnichant. Finalement, la bête s'ennuie. Elle fondit sur le malheureux et le déchiqueta sans aucune autre forme de procès provoquant la désolation de ceux qui voulaient lui venir en aide.

Alors que les enfants dans les gradins sautaient pour mieux voir la scène et les morceaux du malchanceux éparpillés un peu partout, le public adulte s'était levé comme un seul homme en scandant :

— Brise-os ! brise-os ! brise-os !

Les futurs martyrs n'avaient rien perdu du spectacle d'horreur et avaient observé cette mise à mort avec une certaine pitié, tout en sachant que ce même destin funeste leur était aussi réservé.

Les enfants étaient regroupés bien au centre, entourés par les adultes qui s'étaient armés d'épées émoussées et de chaînes rouillées. Ces armes d'un autre temps, qu'on leur avait généreusement octroyées, étaient maculées de sang et avaient manifestement déjà servi au cours de jeux précédents.

Les brise-os communiquaient entre eux par des râles et des vrombissements sourds et graves caractéristiques. Ils voulaient dévorer les enfants en premier. Il fallait donc les isoler des adultes protecteurs. Ils leur tournaient autour en un manège macabre en tentant de temps à autre des coups de pattes ou de cornes mortelles. Les hommes et les femmes ripostaient par le fer ; Les bêtes et le public attendaient patiemment l’instant où l’un d’eux, épuisé par la peur, la fatigue et l’adrénaline, se laisserait succomber, fragilisant la barrière de protection. Ce serait alors enfin la mêlée, le carnage de sang tant voulu !

Un célèbre romancier de Mars, Kar Margaux, pourtant connu pour ses essais de propagande en faveur de l’I.S., faisait partie du triste groupe et se trouvait en bordure avec ses deux sœurs, dont l’une était enceinte jusqu’aux yeux. Il défendrait sa vie et celle des autres aussi longtemps que possible. Mais ses jambes flageolantes, qui criaient famine et trop peu habitués à l’effort, le trahissaient. Il anticipa mal les assauts d’un brise-os particulièrement hargneux qui avait perçu sa faiblesse. Essoufflé malgré le soutien armé des siens, il chuta malencontreusement. Il était sur le point de recevoir un coup létal à la tête, quand soudain…

Chapitre 2 – Vénus

Vénus était une planète moins accidentée que la Terre avec des océans peu profonds. Les continents aux reliefs lissés étaient recouverts de forêts tropicales pour moitié et de déserts et savanes plus ou moins arides pour l'autre moitié. Et sur cet astre si proche du Soleil, point de glace naturelle, ni aux pôles, ni aux sommets des rares montagnes qui ne culminaient pas au-delà quelques milliers de mètres.

Quant à sa civilisation, si Mars la guerrière avait paru basculer au cours des siècles dans une décadence et une sauvagerie codifiée, maîtrisée et organisée autour d'exécutions de masse, Vénus la séductrice, au contraire, planète de la déesse de l'Amour, n'avait jamais aussi bien porté son nom. Infernale et totalement inhabitable, elle était devenue donc une Terre bis accueillante, verdoyante, humide, dotée d'un climat doux et peuplée d'une humanité paisible, responsable et emplie de sagesse.

Les Vénusiens, dès leur plus jeune âge, chantaient des odes élogieuses accompagnées de musique douce ou plus saccadée aux sons d'instruments grattés, secoués, soufflés ou percutés. Tous des élans du cœur et de l'âme allaient le plus souvent à leur souveraine, l'impératrice Jin Xin ou à leur planète si chère.

Ce peuple, bien que très différent des Martiens, était également les descendants des humains de la Terre. Cette différence nette venait sûrement du fait que leurs ancêtres n'étaient pas nés de l'union d'un homme et d'une femme, mais uniquement des femmes qui, épargnées et transformées par cet agent biologique, avaient acquis des capacités de parthénogenèse[14].

Les fils et les filles de Vénus étaient des êtres empreints de grâce et de beauté. De leur sourire enchanteur s'échappaient de

---

[14] Mode de reproduction dans lequel la fécondation par l'union de deux gamètes mâle et femelle n'est pas nécessaire

douces voix qui n'exprimaient qu'éloquence et persuasion. C'était comme s'ils avaient été conçus spécialement pour la séduction. Mais il ne fallait pas s'arrêter à leur délicieuse apparence, car ils étaient parés d'une grande force, d'une résistance physique sans pareille et leur intelligence n'était pas en reste. Leurs technologies étaient de loin supérieures à celles de leurs cousins de la planète rouge. C'est pourquoi ces derniers, d'instinct expansionniste, volontairement, ne se sont jamais mesurés aux premiers. Les Vénusiens avaient une autre particularité et pas la moindre : tous, sans exception, hommes, femmes et enfants, portaient une longue chevelure, renforçant pour les adultes masculins, leur aspect androgyne. Naturellement rouge, violette, bleue ou verte, leur splendide crinière était le siège d'une photosynthèse, épargnant à ce peuple, tant que la lumière brille, les affres de la famine.

Vénus avait tout de même un point commun avec Mars : les sciences, qui prenaient une place assez prépondérante dans la société. Mais celle-ci était pacifiée par l'exercice soutenu de la spiritualité. C'est ainsi que Turane Sohara, une éco-planétologue, sortait d'une méditation de trois heures aux côtés de ses meilleurs amis, Énée et Adon. Ils frémirent de plaisir en se laissant caresser par les rayons d'un Soleil qui paraissait deux fois plus gros que sur la Terre, et qui les nourrissaient littéralement de ses photons. Il était accompagné dans ce ciel diurne de la nouvelle et unique lune de Vénus, Hercolabe le destructeur, rebaptisé depuis, Antéros le fondateur ; car sans lui, il n'y aurait eu point de vie foisonnante là-bas. Si notre Lune est un dégradé de gris, Antéros était un camaïeu de rouge, d'orange et de jaune qui formait, au centre du disque, une forme qui ressemblait à s'y méprendre à un cœur (comme sur la lointaine planète naine Pluton).

Les trois compères habitaient une petite cité de quinze mille âmes nommée Dionis, sur les côtes sud alluvionnaires du continent nord-ouest : Ishtar. Comme toutes les cités vénusiennes bâties au sol, elle n'était pas construite à la sueur du front des Hommes, ni même à la force de machines mécaniques, mais par des tékélis. Ces petites bêtes aussi travailleuses que des abeilles étaient des arachnides proches phylogénétiquement de nos araignées. Mais leur comportement social était bien plus proche des fourmis et leur capacité à utiliser l'humus pour se créer un habitat les faisait ressembler davantage à des termites. Néanmoins, au lieu de termitières dont les cheminées ne dépassent pas dix mètres de hauteur et trente mètres de diamètre à la base sur notre planète, les structures tékéliennes pouvaient atteindre facilement les huit cents mètres sur une surface de dix kilomètres carrés, avec des alvéoles de différentes tailles suffisamment grandes pour accueillir au total jusqu'à cinq millions d'humains. Ces cités humifères[15] possédaient des systèmes internes d'autoventilation de l'air, d'autorégulation de la température et de l'hygrométrie, et résistaient bien mieux aux séismes, aux

[15] Les parois sont un mélange de terre, de salive de ces arachnides et de fils de soie particulièrement solides

cyclones, aux pluies diluviennes et aux épisodes de grande chaleur que nos bâtiments les plus high-tech. Et tout comme nos villes, on y trouvait des galeries souterraines et des voies comme des rues, des avenues, des boulevards où circulaient à loisirs piétons et véhicules automatiques. Et tout cela n'empêchait pas la végétation de recouvrir le sol, les toits et les murs extérieurs, faisant des cités de Vénus, des villes cent pour cent écologiques, parfaitement intégrées dans la Nature.

Turane habitait une alvéole de presque soixante mètres carrés au vingt-sixième étage dans un quartier en bordure de la ville. Elle y avait invité ses deux amis pour trinquer à la necta, une boisson amère alcoolisée très populaire à base de pomme et de myrte, qui serait l'équivalent de nos bières. Ils avaient quelque chose de particulier à célébrer. Aussi, chantaient-ils joyeusement une ode à leur planète si chère, en jouant du balafon, du sistre et de l'adjalin :

Ô divine déesse au visage de
lumière,
Voluptueuse sirène aux amours
féconds,
Tes multiples enfants, ils te
louent et libèrent
Une sagesse éternelle de leur
esprit profond.

Ô superbe planète au passé
sulfureux,
Miroir de la Terre au milieu des
Étoiles,
Te voilà astre bleu, ravissant les
heureux,
Au grand dam de Mars qui pâlit
et se voile.

Ô Étoile du matin devant qui se
prosternent,
À présent, les âmes tièdes et
leurs bas subalternes.
Tu dédaignes toujours leurs
louanges et leur gloire.

Ô Étoile du soir observant l'avenir,
Que de peuples libres, tu vois aller et venir,
Préférant la foi à d'illustres déboires.

Puis reprenant une bonne rasade de necta, ils reprirent leur conversation. Adon, le plus âgé, déclara :

— Demain, ma très chère sœur, mon très cher frère, nous ne serons plus là à contempler Antéros, ni ce ciel presque toujours bleu. Dionis et ses tours perçant la cime haute des forêts me manqueront terriblement mais c'est un rêve qui se réalise. Je doute encore que nous avons été sélectionnés ; et tous les trois ensembles !

Turane le fixa de ses yeux orange et lui répondit avec son sourire enjôleur :

— Crois-moi, mon bel ami, c'est vrai. Je n'y croyais pas moi-même lorsqu'ils l'ont annoncé. Mais n'ayons point de doute sur ce qui est arrivé. Aujourd'hui même, nous avons eu les accréditations et les ordres de mission. Notre travail et notre détermination ont fini par payer et ont été récompensés à leur juste valeur.

— D'autres n'auraient-ils pas mieux fait l'affaire que nous ? demanda Énée.

— C'est possible, réfléchit-elle. Montrons-nous donc à la hauteur de leurs attentes. Ne les décevons pas.

Adon trempa ses lèvres dans le doux breuvage et il se tourna subitement vers son ami comme s'il devait connaître absolument quelque chose :

— Toi. Tu es déjà parti là-bas, n'est-ce pas ?

Énée hochait la tête pour approuver.

— Oui ! Avec ma mère qui devait étudier les écosystèmes marins abyssaux sous leur pôle nord. Je n'étais pas plus haut que trois pommes. Cependant, je me souviens très bien de ces montagnes blanches qui perçaient les nuages, de ces étendues glacées à perte de vue, du fond de ces océans profonds et obscurs… C'était comme dans les films et sur les photos, mais rien ne vaut de s'y rendre en personne car les sensations que l'on y ressent n'ont rien de comparable.

Turane se mit à y rêver. Elle jeta alors son regard à travers les fenêtres ouvertes pour scruter le ciel et déclara avec beaucoup d'émotion :

— Cela est notre rêve à tous de nous rendre sur la Planète Sanctuaire… La planète de nos ancêtres, la Terre…

Énée trinqua une seconde fois :

— À la Terre ! La Planète Sanctuaire ! Terre de nos ancêtres.

Ses deux amis levèrent leur verre à leur tour :

— À la Terre ! La Planète Sanctuaire ! Terre de nos ancêtres.

Et ils burent simultanément une autre grande rasade de necta avant de se séparer et se reposer pour le lendemain.

Chapitre 3 – Le retour

Il y eut une détonation comme un grand coup de tonnerre. Tous sursautèrent et se turent, surpris, puis s'immobilisèrent, tournés vers l'hypothétique origine de ce bruit, y compris les brise-os. C'est alors que dans un tremblement terrifiant, les gradins nord de l'arène volèrent en éclat, faisant s'effondrer les parties latérales de l'édifice. Les Martiens hurlaient de nouveau, non pas pour réclamer la tête des « affabulateurs » mais ils hurlaient de terreur. On voyait des corps retomber lourdement avec les gravats et les brise-os se jeter dessus, trop heureux que la providence leur offre un repas si facile.

La providence portait un nom : celui du général Kervallen. De la brèche béante surgit un spationef qui se posa, suspendu à quelques mètres du sol, écrasant par son bouclier tout ce qui se trouvait en dessous : cadavres, bêtes et décombres. Alors que c'était la débandade dans les tribunes, les condamnés à mort qui s'étaient dispersés au moment de la déflagration, s'étaient à nouveau regroupés, pour monter à bord de l'appareil.

Le vaisseau qui était une corvette de huit cent soixante mètres s'ouvrit à l'arrière déroulant sa passerelle au sol telle une langue. Les rescapés s'y précipitèrent et s'engouffrèrent alors sans hésitation dans le ventre de cette bête mécanique providentielle.

La Grande Inquisitrice Sophie VI qui se trouvait à l'opposé de la brèche était saine et sauve. Elle n'avait rien raté de la scène. Elle était restée impassible devant ce spectacle d'horreur qui ressemblait à un champ de bataille alors que tous les présidents, ministres, secrétaires d'États et autres sujets gouvernementaux avaient pris leurs jambes à leur cou. Elle avait compris. Elle avait reconnu le bâtiment volant :

« Général… Rorick… Malo… Kervallen… Effectivement, voici donc cette affaire si urgente à régler », ironisa-t-elle, dans un lent murmure. « Ma vengeance sera éminemment terrible. Les Martiens s'en souviendront jusqu'à la dixième génération. On ne se moque pas de l'Inquisition Scientifique sans en subir les conséquences. Je lui reconnais pourtant une chose : le panache de l'audace… »

Devant son visage raidi par la colère, tous les miraculés disparurent dans le vaisseau dont la langue s'était rétractée pour commencer son ascension dans l'atmosphère devenue poussiéreuse. À l'intérieur, l'allégresse était à son comble :

— Général ! Vous l'avez fait ! Vous nous avez sauvés ! Vous ne nous avez pas abandonnés à notre sort ! pleurait de joie Kar Margaux.

— Je l'ai fait pour ma bien-aimée…, rectifia-t-il.

Il prit alors dans ses bras l'une des sœurs du romancier qui semblait proche de l'accouchement et déposa un long baiser chaste sur ses lèvres.

Le Général Rorick-Malo Kervallen était l'arrière-arrière-arrière-arrière-petit-fils[16] du Colonel Guénolé Pierre Kervallen. Tout comme son illustre ancêtre, il avait gravi les échelons de l'armée avec brio et avait une relation très étroite avec les gens de pouvoir. Aussi, la grande Sophie, qui lui avait prêté une confiance indéfectible, l'avait choisi pour être une taupe débusqueuse d'affabulateurs. Il avait réussi sa mission et s'était immergé pendant trois longues années martiennes dans cette communauté où il était tombé amoureux d'Amalia Margaux, historienne de son état, l'une des meilleures et des plus fameuses. Elle avait été victime de sérieux soupçons d'apostasie scientifique lorsqu'elle avait dû prendre des mois de congé maladie pour dissimuler sa grossesse illégale. Et lorsque la rafle eut lieu aux dépens du général, celui-ci dut faire le choix entre l'Inquisition et sa femme enceinte. Ses responsabilités étaient

[16] Les générations qui vivent plus longtemps se succèdent à 1,5 par siècle au lieu de 5 par siècle environ

importantes. Les rescapés martiens comptaient sur lui, mais c'était sa femme et son enfant à venir qui lui importaient le plus. Pourtant, il dut relâcher l'heureuse étreinte sur sa compagne pour rendosser sa casquette de général :

— Nous sommes loin d'être tirés d'affaire ! J'espère que votre Dieu ou qui que ce soit que vous priez nous viendra en aide ! continua-t-il. La Sophie aura vite fait de comprendre en voyant mon vaisseau que j'ai trahi l'I.S. et sa confiance. Elle enverra des chasseurs nous pourchasser dans le seul but de nous anéantir. Elle a la haine tenace.

Et il ne croyait pas si bien dire. À l'amirauté, la grande Sophie avait convoqué, en moins de temps qu'il n'eut fallu qu'il quitte l'atmosphère, un homme à l'ambition dévorante. Elle savait qu'il ne reculerait devant rien pour atteindre son but, d'autant plus qu'il était de notoriété publique qu'il détestait ouvertement le Général Kervallen. Cet homme, dont la moitié du visage et du corps était recouverte de tatouage, s'appelait William Archel. Il était Capitaine et la grande Inquisitrice lui promit le grade de son ennemi s'il réussissait à l'abattre avec les miraculés de l'arène. Il accepta avec un sourire large qui lui courait d'une oreille à l'autre.

L'enjeu de l'I.S. était trop important : la survie des fuyards ferait naître l'espoir chez les autres croyants et surtout, les autres martiens seraient tentés de penser qu'il y a bel et bien eu une intervention *deus ex machina* qui a échappé aux savants calculs de prévisions des probabilités et statistiques psychosociales[17].

Dans la corvette, la tension ne retombait pas. Kar, le romancier, posa une question tout à fait légitime :

— Où allons-nous, mon Général ? Aucune planète ou caillou habitable dans ce Système solaire ne nous accueillera.

— On ne survivra pas bien longtemps à bord…, se plaignit l'autre sœur.

Mais Amalia les rassura :

---

[17] Discipline mathématique proche de la psychohistoire qui permet de prévoir l'évolution d'événements majeurs au sein d'une civilisation

— Détrompez-vous, mon frère, rassura Amalia. Nous retournons sur Terre, la terre de nos ancêtres.

— Avez-vous perdu la tête ? L'atmosphère de cette planète est infectée par l'agent androcide ! Nos hommes mourront et nous les femmes seront tout autres choses, prêtes à couver une autre race… Et en plus, les Vénusiens l'ont évacué il y a quatre siècles pour la sanctuariser afin de permettre à la Nature de s'y renouveler. Jamais, ils ne nous permettront de toucher le sol. Et même si nous y arrivons, au bout de combien de temps, ces plantes et ces animaux sauvages, qui ont repris leur droit là-bas, feront-ils de nous de la charpie ?

Les craintes de la jeune sœur Margaux n'étaient pas fantasmées. Mais elle ignorait une chose à propos de la planète sanctuaire qui ravirait l'espoir à bord du vaisseau en fuite.

— Nicoé, lui dit sa sœur, tu as raison en partie.

— En partie ? répéta-t-elle incrédule.

— En partie, oui, reprit Kervallen. Ma douce a retrouvé dans les archives du musée d'Histoire un vieux récepteur transmetteur à intrication quantique. Il ne fonctionnait plus, évidemment, mais après réparation par les services d'ingénierie de pointe, nous avons pu contacter des gens.

— Des gens ?! Mais quels gens ? questionnait-elle, devenant la porte-parole du reste d'un équipage étonné et curieux.

— Des gens de la Terre ! Comme nous, pas comme l'autre race ! Avec des hommes de sexe masculin bien vivant, cria Kervallen pour que tous l'entendent. Ils vivent sur Terre, sains et saufs, sans la crainte d'être dénoncés et livrés à l'I.S.

Un murmure assourdissant se répandit parmi la petite foule. Nicoé s'empara d'un petit garçon orphelin dont elle s'occupait depuis la rafle et le serra bien fort contre elle, versant une petite larme :

— Ainsi donc nous rentrons chez nous… Enfin… Après plus de quatre cents ans d'errance sur cette planète de rustres et de sauvages. Le retour des filles et des fils prodigues.

Quand soudain, une voix hystérique fit irruption au milieu de cette scène dégoulinant d'espoir. L'hologramme du chef de cabine venait d'apparaître :

— Général, Général ! Nous sommes suivis ! Un destroyer s'est lancé à notre poursuite !

— Par les lunes martiennes, jura-t-il. Ils n'ont pas fait dans la dentelle… Au lieu de chasseurs à courte portée, ils nous envoient un destroyer de guerre. Nous n'aurons aucune chance. Les boucliers ne tiendront pas face à un seul de ces tirs. Passez en vitesse d'Alcubierre ! Nous n'allons pas attendre d'éprouver leur puissance de feu ! Exécution !

Et la silhouette de l'officier s'évanouit. Quelques secondes plus tard, le spationef se préparait à passer en vitesse première.

— Allez tous vous asseoir et accrochez-vous ! ordonna-t-il aux passagers.

Au centre de l'appareil trônait un dispositif qui ressemblait beaucoup à une sphère armillaire : c'était en réalité un moteur d'Alcubierre de dernière génération, mû par l'énergie de l'annihilation de la matière et de l'antimatière. Les nombreux anneaux qui ceinturaient la sphère se mirent à tourner de plus en plus vite jusqu'à former une boule qui semblait faite d'eau. Il en émanait des vagues d'énergie qui s'échappaient jusqu'à l'extérieur du vaisseau. Il s'ensuivit une distorsion de l'espace-temps qui enferma l'immense corvette dans une bulle. L'espace-temps se contracta à l'avant, tirant le navire spatial, et se dilata à l'arrière, le poussant vers l'avant. Très vite, en surfant ainsi sur un repli du tissu de l'espace, il atteignit une vitesse bien supérieure à la lumière, alors que paradoxalement il restait immobile.

À bord du destroyer lourdement armé, le Capitaine Archel assis sur son siège de commandant, décontracté et sûr de lui, regardait avec une remarquable passivité ce qui était en train de se passer.

— Capitaine ! l'interpella son second. Il passe en vitesse lumière ! Nous devrions armer et tirer avant de les perdre.

— Sottises ! dit-il, en ricanant presque. Le temps que l'onde d'énergie traverse la dilatation spatio-temporelle à l'arrière, ils seront déjà bien loin. Laissons-les partir. Je sais où ils se rendent… Le plaisir sera d'autant meilleur de les abattre qu'ils se seront crus enfin à l'abri de tous dangers. Actionnez les moteurs d'Alcubierre ! Direction : la Terre !

— Mais Capitaine… ! Les Vénusiens… ! Cette planète est leur propriété ! Leur système de défense va nous abattre dès notre arrivée dans l'espace terrien.

— Écoutez-moi bien ! Si encore un seul discute mes ordres, je le fais balancer dans le vide spatial ! Les Vénusiens, j'en fais mon affaire…

*
* *

Une demi-heure plus tard, sur notre belle planète bleue, un vaisseau de classe cargo appelé l'Arche voguait au milieu d'un océan de nuages moutonneux. C'était un immense laboratoire de recherche flottant qui sillonnait la Terre au gré des vents, tel un Laputa des temps modernes. Il y était conservé dans des congélateurs spéciaux quelques 1 205 milliards de génomes correspondant à presque autant d'espèces vivantes et éteintes. Les scientifiques qui y travaillaient, en majorité des éco-planétologues, étudiaient les liens trophiques et symbiotiques entre toutes les espèces aquatiques, terrestres, animales, végétales et microbiennes, du plus insignifiant des virus au plus imposant des séquoias. Le but était de comprendre ces systèmes complexes qui avaient mis des milliards d'années à se perfectionner pour les transposer sur Vénus nouvellement terraformée et dont l'équilibre de la biosphère restait précaire.

La belle Turane Sohara était arrivée avec ses deux compagnons depuis quelques jours déjà. À sa grande surprise, on l'avait nommé à la tête de l'un des corps expéditionnaires. Leur mission était l'étude des écosystèmes des nouvelles forêts primaires. Mais avant qu'ils ne descendent une nouvelle fois sur la terre ferme avec une navette, tous les scientifiques furent convoqués en urgence à la passerelle. La commandante de l'Arche, Jovienne Zirignon[18], semblait anxieuse. Ce qu'elle leur déclara confirma son état de stress :

« Nous avons détecté, il y a dix minutes, à deux cent mille kilomètres de la Terre, deux vaisseaux martiens en approche. L'un nous a demandé l'asile en certifiant avoir des enfants à bord. L'autre n'a ouvert aucun canal de communication. Malheureusement, avant même d'avoir pu répondre la DCS des avant-postes exosphériques les ont abattus. Néanmoins, le vaisseau qui demandait assistance a réussi à franchir le bouclier planétaire avec de nombreuses avaries et s'est abîmé dans

[18] La société vénusienne est matrilinéaire. Jovienne est une descendante du Lieutenant Adaline Zirignon

votre secteur, Turane. C'est un miracle que la structure ne s'est pas disloquée en entrant dans l'atmosphère, mais il y a peu de chance qu'il y ait un seul survivant. Vous irez sur place comme prévu avec vos deux collègues, mais armé ; car une nacelle de sauvetage a été larguée du second vaisseau et s'est écrasée au même endroit. »

La DCS, la défense contre les spationefs, était une constellation de plusieurs millions de satellites défensifs orbitant autour de la Terre à environ quatre-vingt mille kilomètres de la surface et formait autour d'elle un bouclier protecteur. Ils avaient été mis en place il y a trois siècles par les Vénusiens pour dissuader les Martiens de se rendre sur la Terre sanctuarisée. Chacun d'eux était doté d'un canon ionique de forte puissance qui tirait automatiquement sur n'importe quel objet en approche dépassant les 30 mètres cubes, avec une distance de détection supérieure à cent mille kilomètres.

Pour le peuple de Vénus, cela ne leur posait aucun problème puisqu'il n'utilisait que très rarement des vaisseaux spatiaux pour aller d'une planète à l'autre. Ils utilisaient des portes de Alcubierre. De grande taille, ressemblant elles aussi à des sphères armillaires, elles permettaient d'ouvrir des ponts d'Einstein-Rosen d'une porte à l'autre lorsque leurs anneaux tournoyaient à vitesse lumière. Les Vénusiens pouvaient alors franchir des millions, des milliards de kilomètres de manière instantanée en sautant à travers ces portes qui prenaient alors l'aspect de volumineuses boules aquatiques ; non sans avoir revêtu une combinaison adaptée, évitant aux voyageurs d'être broyés par les forces de marée de gravité et d'être mortellement irradiés.

— Vous devrez me faire un rapport détaillé de ce que vous y trouverez, poursuivit la commandante de l'Arche.

— Jovienne, demanda Turane, l'agent androcide est-il toujours actif ?

— Nous l'ignorons et c'est bien cela le problème. Si ce n'est plus le cas, les Martiens voudront recoloniser la Terre. Il en viendrait alors encore d'autres et encore d'autres, par milliers, par millions. Leur farouche volonté finirait par venir à bout de la DCS. Et cette si belle Nature qui a enfin réussi à se remettre sur pied, tout ce travail de dépollution, de sauvegarde, de conservation et d'épanouissement que nous avons entrepris…, tout serait perdu !

— Que devons-nous faire si nous en trouvons un seul ? S'ils ont besoin d'assistance ?

— La compassion avant tout, la raison ensuite. Mais empêchez toute communication vers Mars… Encore une chose, Turane. N'oubliez pas : vous devez rentrer avant la nuit. Vous avez quatre heures pleines devant vous. Les Horlas sont toujours très efficaces pour garder la planète sanctuaire qui est maintenant la leur.

Elle hocha la tête et partit en hâte avec ses compères Énée et Adon, trop curieux de savoir ce qu'ils allaient découvrir.

Chapitre 4 – La Terre

Ils montèrent à bord d'une navette atmosphérique en forme de cloche qui possédait un moteur à traction magnétohydrodynamique. Ce type de moteur fonctionnait en créant un vide relatif sur un côté de l'appareil, induisant une aspiration et une poussée opposée due à la pression positive de l'air. Les deux forces combinées d'aspiration et de poussée, selon la valeur du vide créée, permettaient d'atteindre des vitesses hypersoniques sans faire plus de bruit qu'une légère brise, et de faire des virages en épingle avec un minimum de décélération.

Turane, Énée et Adon, tous trois perdus dans leurs pensées, n'avaient pas à se soucier des effets de la vitesse grâce aux inhibiteurs inertiels. Ils filaient donc vers l'ouest, traversant montagnes, vallées, déserts et mers pour atteindre les coordonnées de leur secteur, le lieu du crash :

31°97' LATITUDE NORD
35°05' LONGITUDE EST

Ils arrivèrent moins d'une vingtaine de minutes plus tard. L'endroit était recouvert d'une végétation luxuriante. Seule la fumée qui s'élevait en traînée au-dessus d'une zone d'arbres moins dense trahissait le lieu de l'accident.

— Pensez-vous que cela soit une coïncidence qu'ils se soient écrasée ici même ?

— Crois-en mon expérience, Turane, le hasard n'existe pas, répondit Adon, toujours plus inquiet. Surtout restons prudents. Les Martiens sont des vicieux et des vauriens. Si un seul a survécu, il faudra aussitôt prévenir l'Arche. Pas d'héroïsme.

Ils acquiescèrent puis après quelques minutes de silence le petit vaisseau ralentit :

— Il y a une clairière, là-bas. Atterrissons ! suggéra Énée.

Turane manœuvra alors la procédure d'atterrissage. La cloche rasa la canopée et se posa aussi silencieusement qu'un papillon à l'endroit repéré.

— Nous y voilà. J'ai le pressentiment que cette journée ne ressemblera à aucune autre.

— Moi aussi. Jamais je n'aurai pu penser qu'un jour ma mission serait de vérifier l'état d'un vaisseau martien échoué…

Pendant qu'il faisait le bilan de leur situation, ils appliquèrent sur leurs tempes un dispositif d'interface neuronale transdermique et portèrent à leur main dominante un gant spécial qui était renforcé par une armature articulée, cristalline et brillante. Ils déployèrent ensuite trois petites sphères métalliques dorées recouvertes de silice. Elles ressemblaient furieusement à la sphère des Superviseurs en modèle réduit. Ils nommaient ces dispositifs volants des « cupidons » ou des « angelots ». Les trois sphères flottaient au-dessus de leur tête, obéissant aux ordres cérébraux et « manuels » de leur maître vénusien grâce aux liens cognitifs et sensoriels des interfaces temporales et des fameux gants. Chacune des sphères était munie de différents capteurs et émetteurs à 360° qui permettaient de détecter ondes radio, température, rayonnements ultraviolets, rayons X et autres radiations ionisantes, spectre visible, son, ultrason et infrasons, composition de l'air, de l'eau et polarisation de la lumière. Et tous ces paquets de données étaient directement transmis dans l'esprit. Le rôle des angelots ne s'arrêtait pas là. Ils avaient aussi un rôle protecteur : des nano-canons lasers à leur surface avaient potentiellement une action létale lorsqu'ils étaient actionnés tous ensemble. Enfin prêts, les trois Vénusiens sortirent de leur navette.

Dès qu'ils mirent le nez dehors, ils furent pris à la gorge par une forte odeur de brûlé. Les cupidons leur envoyèrent, directement dans leur esprit, des données sur la composition altérée de l'atmosphère, et des données de spectrométrie infrarouge et ultraviolette.

— Voyez comment ils commencent déjà à polluer : l'air est saturé de toxines, se plaignit Énée.

— Ce n'est pas tout à fait de leur faute, sans vouloir les défendre, tempéra Turane. Au moins, il n'y a aucune fuite radioactive. Séparons-nous et faisons le tour afin d'encercler la carcasse. Ainsi, ce sera plus facile de se prêter main-forte dans le cas d'une hypothétique agression. Et puis, n'oublions pas qu'il n'y a pas que ce navire spatial qui s'est échoué. Une nacelle a été éjectée du second bâtiment, et celui-là d'après Jovienne, était hostile.

— Bonne idée, Turane, approuva Adon très satisfait des initiatives de la jeune recrue. Au moindre problème, lancez la balise de détresse.

Et ils se séparèrent avant de s'enfoncer dans la jungle épaisse, escortés par leur cupidon. Turane partit à gauche, Énée prit la droite et Adon le milieu.

Celui-ci fut le premier à atteindre l'épave. Huit cent soixante mètres de métal froissé et déchiré gisaient parmi les bois déracinés.

Toute la zone était fumante et dégageait des vapeurs nauséabondes. Heureusement pour la forêt qui était très humide, les flammes ne semblaient pas avoir la force nécessaire pour se propager. Il s'approcha et toqua à plusieurs reprises contre la tôle. Il n'y eut aucun retour. Il demanda *in petto* au cupidon de scanner l'appareil pour voir s'il y avait des personnes en vie. Il reçut alors dans son esprit une vision d'horreur : des corps entassés et parmi eux, des survivants qui rampaient, happant désespérément des bouffées d'air frais, haletant les noms de leur proche et priant qu'ils soient en vie. Oubliant ses propres recommandations, et n'écoutant que son cœur, il ordonna au cupidon d'éventrer la carlingue au laser. Il devait les secourir sinon il vivrait avec cette vision insoutenable jusqu'à la fin de ses jours. La petite sphère s'exécuta en moins de deux et fit une belle entaille où l'épaisseur de la paroi était la plus fine. Puis, elle entra dans le vaisseau, suivie de son maître qui activa au préalable sa balise de détresse.

Plus loin, Énée poursuivait sa route et eut la désagréable surprise de devoir contourner un cratère de quatre cents mètres de diamètre au beau milieu d'arbres centenaires calcinés. Il comprit rapidement que celui-ci avait été creusé par la nacelle de sauvetage même si cette dernière était absente de la cuvette. Il voulut tout de même y descendre pour récupérer des échantillons du sol. À peine avait-il commencé à entreprendre sa descente que le cupidon, qui avait une vision à 360, le prévint d'un danger imminent : une structure mécanique de deux mètres cinquante avait surgi derrière lui et venait de lui tirer dessus. Il évita à temps le faisceau mortel. D'autant plus que le cupidon s'était interposé et avait absorbé l'essentiel du choc. Sans l'alerte de celui-ci, il serait mort. Pourtant, l'onde de choc l'ébranla et il fut propulsé avec violence vers l'avant. Il roula jusqu'au fond du cratère, totalement inconscient. La chose s'approcha. C'était une capsule ovoïde perchée sur quatre pattes articulées, munie de deux caméras et de deux pinces armées en guise de bras. Siégeait confortablement à l'intérieur le Capitaine William Archel, drapé dans une autosatisfaction pathologique. C'était donc lui qui avait pris la nacelle et qui s'était échappé *in extremis* du destroyer. En réalité, il avait sciemment sacrifié son équipage. L'obsédante idée de tuer son rival était trop forte. L'étrange véhicule, dans lequel il se trouvait, était muni d'un moteur et d'appareils de stase. Il permettrait à son locataire, après avoir exécuté sa basse besogne, de quitter la Terre et de voyager des mois durant jusqu'à Mars. Confiné dans sa capsule, il était isolé de l'atmosphère prétendument chargée en agent androcide et pouvait se déplacer et tuer sans s'exposer. Aussi, s'était-il mis en quête du Général Kervallen et des derniers survivants de l'arène pour les éliminer une bonne fois pour toutes, guettant le meilleur moment pour terminer la tâche qui lui avait été confiée.

Turane faisait un grand tour et longeait un sentier pour ne pas se mettre à découvert. Quand soudain, elle tomba nez à nez avec un homme de grande taille aux traits finement ciselés. La surprise passée, elle considéra cet individu étrange qu'elle trouva, malgré elle, séduisant. Elle était étonnée par l'extrême blancheur de son teint diaphane. À tel point qu'elle l'aurait cru malade si son physique athlétique ne témoignait pas du contraire. En effet, sur Mars, même le soleil estival ne permettait pas à leurs habitants de se parer d'un joli teint hâlé. Tous arboraient une peau d'albâtre, avec des cheveux roux, blonds, platine ou argenté, et leur regard était le plus souvent bleu glacier, gris métallique ou plus rarement vert émeraude.

C'était Kar Margaux le romancier. Il avait réussi à sortir du vaisseau par une brèche et s'était aventuré seul dans la jungle pour trouver du secours. Dès qu'il la vit, il loua la providence. Mais surpris par cette apparition qu'il avait crue divine pendant quelques secondes, il tomba aussi sous son charme.

— La légende est donc vraie, se disait-il. Les femmes de Vénus ont une beauté à couper le souffle.

Jamais il n'avait vu une personne comme elle auparavant : cet étrange regard orange et perçant, cette texture de chevelure, cette peau si sombre, cette démarche quasiment animale. Il parcourait ses courbes et s'exclama en soutenant son regard comme hypnotisé :

— Jamais de ma vie je n'ai rencontré pareille déesse à la peau d'ébène, aux cheveux de feu et aux yeux solaires. Si je devais perdre la vue d'ici peu, je garderais pour toujours dans mon souvenir cette vision d'enchantement et je mourrai, heureux.

Face à cette confession déconcertante et sans équivoque, loin de le remercier de son attention, elle lui lança en brandissant son poing ganté :

— Arrière Martien ! Je n'hésiterai pas une seule seconde à exaucer ton vœu de devenir aveugle ! Mon angelot te foudroiera la vue au moindre faux pas !

Cette déclaration peu sympathique le ramena aussitôt à la lucidité de la situation :

— Belle, mais peu commode, assurément, murmura-t-il.

Puis, il l'implora :

— D'accord, je n'avance plus. Mais, je vous en prie, mon vaisseau s'est abîmé. Il est à quelques mètres. Nous avons besoin d'aide.

— Je suis au courant. Combien y a-t-il de survivants ? demanda-t-elle toujours sur le même ton hostile.

— Je l'ignore… Vous êtes seule ? Vous êtes une Vénusienne, n'est-ce pas ? Ne pouvez-vous pas appeler des renforts ?

— Cela dépendra du nombre de survivants. Mais mon angelot a d'ores et déjà fait un rapport à la base. Alors, ne vous inquiétez pas. Mais dites-moi, où alliez-vous comme ça ? Je suis persuadé que vous saviez où…

— J'allais chercher de l'aide, coupa-t-il.

— Sur une planète sanctuarisée qui est censée n'abriter aucune forme de vie intelligente ?

— Nous savons que la Terre est sous protectorat vénusien. Il m'a semblé logique que je rencontre l'un des vôtres alerté par notre crash dans les parages.

En réalité, il mentait. Il avait espéré tomber sur l'un des Terriens avec qui sa sœur Amalia avait conversé via l'émetteur-récepteur à intrication quantique. Selon Kervallen, ces derniers devaient se trouver non loin du point d'impact.

— Mon cupidon m'informe que mon collègue a activé une balise de secours. Montrez-moi où se trouvent vos amis et racontez-moi pourquoi vous êtes si loin de votre planète natale.

Et il lui raconta ses péripéties depuis la rafle sur Mars jusqu'à sa rencontre avec elle. Et il lui demanda à son tour :

— Et vous, pourquoi êtes-vous si loin de votre planète natale

— Officiellement, la Terre nous appartient.

— Mais vous n'y êtes pas née, n'est-ce pas ? Nous savons tous les deux qu'officieusement, cette planète n'est plus à vous. Vous n'y avez aucune activité autre que de la recherche. Vous n'êtes que des gardiens.

— Je suis ici parce que j'étudie la biologie et la complexité de la vie sur la Terre.

— Pour quoi faire ? N'y a-t-il pas assez de matière pour cela sur Vénus ? Ou alors… vos écosystèmes sont encore trop fragiles et vous tentez de les stabiliser en prenant le modèle terrestre… ?

— Vous parlez trop et j'en ai trop dit. Plus un seul mot.

Ils arrivèrent rapidement sur le lieu de l'accident. L'angelot d'Adon virevoltait dans tous les sens en vibrant à des hautes fréquences, emplissant l'air environnant d'ondes ultrasonores. L'effet recherché était la dissipation des aérosols toxiques de la fumée pour assainir l'air. Et ça fonctionnait plutôt bien. Turane courut aider Adon à sortir les derniers martiens de la carcasse du vaisseau. Elle lui demanda par angelot interposé afin que personne ne puisse entendre :

— Énée n'est-il pas avec toi ?

— Non, je pensais qu'il serait à tes côtés !

— Les angelots ne le détectent pas. Ni lui, ni son cupidon…

— Je suis inquiet… Les renforts arriveront dans une quarantaine de minutes. Gageons que tout ce beau monde et notre Énée seront à l'arche avant cette nuit.

Puis, elle jeta un œil derrière elle pour épier le romancier martien et se remit vite au travail. Kar se jetait dans les bras de sa sœur Nicoé, pleurant à chaudes larmes, heureux de la revoir en vie. Puis, il commença à chercher du regard sa plus jeune sœur mais ne la voyait pas.

— Où est Amalia ? Tu l'as vu ? S'il te plaît, ne me dit pas…que… !

— Non, non…, soit rassuré mon frère. Elle est en vie mais mal en point, hélas. Elle a été courageuse. Elle a protégé un jeune garçon avec son propre corps. Lui n'a rien, mais elle, est gravement blessée…et souffre douloureusement de contraction.

— Mon Dieu… ! Le bébé va bien ?

— Le Vénusien aux yeux jaunes va l'emmener dans leur vaisseau en priorité avec ceux qui ont besoin de soins d'urgence, s'immisça Kervallen. Et nous, ils vont nous conduire dans un abri, le temps que leur renfort arrive.

— Ils vont l'emmener ? demanda-t-il interloqué. Mais avez-vous déjà oublié ? Les Terriens ? Ne seront-ils pas à même de nous aider et de nous protéger ? Ils nous attendent, non ? Que feront les Vénusiens d'elle et de ton bébé une fois sur pied ? Que vont-ils faire de nous ? Nous renvoyer sur Mars ? Nous y sommes tous condamnés à mort.

— Nous n'avons pas le choix pour le moment. Nous devons parer à l'urgence et là, certains d'entre nous ont besoin d'être soignés au plus vite. Alors reprenez-vous Kar et plus un seul mot sur les Terriens, compris !? ordonna Kervallen en bon Général.

Le romancier ne paraissait pas s'apaiser. Le général s'approcha alors davantage pour lui murmurer :

— Ne croyez-vous pas que j'ai moi-même envie de hurler de rage en voyant ma femme dans cet état ? Je n'ai qu'une envie : la rejoindre dans cette navette et m'assurer qu'ils vont bien, elle et le bébé. Mais pour la survie du groupe, je dois me séparer d'elle et abandonner l'idée d'assister à la naissance de mon premier enfant, sans savoir même si c'est une fille ou un garçon. Mais vous pouvez me faire confiance. Vous savez que je tiens parole : je les retrouverai et nous serons tous réunis à nouveau. J'ai tout sacrifié pour eux, vous comprenez ? Tout. Laissons pour le moment les Vénusiens faire leur travail et ressaisissez-vous. Gardez votre foi, comme vous dites. Vous êtes un exemple pour les autres.

Kar avait écouté chacune de ses paroles qui résonnaient dans son esprit. Il hocha la tête et enlaça fraternellement son beau-frère.

Chapitre 5 – Cité surprise

Les rescapés du crash s'étaient mis en route, escortés par Turane et son angelot. Celui-ci menait la troupe, et elle, en queue de peloton, était accompagnée à son grand désarroi de Kar. Il essayait tant bien que mal de faire la conversation. Mais à ses yeux, cet homme venu d'une planète de barbare était totalement dénué d'intérêt.

— Comment vous appelez-vous ? osa-t-il lui demander malgré son attitude froide. Nous ne nous sommes pas présentés à notre première rencontre…

— Turane, dit-elle sèchement. Turane Sohara…

— Très joli prénom…, Turane… Très vénusien…, mais joli.

Hautaine, elle faisait semblant de ne pas s'occuper de son interlocuteur et regardait partout ailleurs, sauf de son côté.

— Sinon, moi c'est Kar, Kar Margaux, célèbre romancier de Mars, pour vous servir. Est-ce que vous serez grossière jusqu'à la fin de la journée, belle Turane ? lui demanda-t-il avec un large sourire.

Elle parut offusquée et lui jeta un regard assassin qu'elle finit par adoucir. Elle songea qu'il n'y avait aucune raison qu'elle soit aussi dure avec cet homme qui n'avait pas eu une vie facile depuis cette rafle.

— Excusez-moi… On nous dit tellement de choses négatives sur Mars et les Martiens, se justifia-t-elle. Et ce que vous m'avez raconté n'a pas aidé.

— Je vous excuse. Et que racontent les Vénusiens si parfaits sur ma planète et mon peuple que je ne vous ai déjà dit ?

— Humm…je ne sais plus… Par exemple, j'aurai pensé que vous étiez des êtres plutôt chétifs et que la gravité terrestre vous aurait écrasés, or vous semblez tous plutôt à l'aise et athlétiques…

— Mars est plus dense que la Terre, alors…, commençait-il à expliquer.

— Comment est-ce possible ? J'ignorais que vous aviez atteint le niveau technologique nécessaire à la densification des noyaux planétaires.

— Mars a été densifié par injection de gravitons dans son noyau dès les débuts de sa colonisation par les natifs Terriens.

— Je l'ignorais. Nous avons tellement perdu de données historiques. Nous sommes comme un peuple sans passé.

— Nous, au contraire, avons tout conservé. Nos deux peuples pourraient tant faire ensemble, dit-il intentionnellement avec un double sens.

Quelque chose la tracassait depuis le début de leur rencontre. Constatant qu'une certaine complicité s'était installée, elle finit par lui demander :

— Puis-je vous poser une question à laquelle vous répondrez de manière totalement honnête ?

Il hésita et répondit finalement :

— Oui. Allez-y.

— Quand je vous ai trouvé, vous paraissiez savoir exactement où vous vous dirigiez. Où partiez-vous ?

— Je l'ignore.

— Vous deviez répondre de manière honnête, Kar Margaux le romancier de Mars.

— C'est la première fois que vous m'appelez par mon nom. Vous savez amadouer. Mais je vous jure que j'ignorais où aller. Mais…

— Mais ? répéta-t-elle, pendue à ses lèvres.

— Les miens ne seront pas contents que je vous parle de cela… Lorsque nous étions sur Mars, ma sœur, Amalia, qui travaille à l'institut d'Histoire, a retrouvé un émetteur-récepteur qui date de l'époque d'avant la grande épidémie qui a créé votre race. Après quelques réglages, ils sont rentrés en communication avec des humains natifs de la Terre qui vivent ici dans cette région depuis toujours. J'espérais tomber sur eux pour qu'ils nous aident mais je suis tombé sur vous.

Elle l'écoutait comme s'il déblatérait des fables et le regardait incrédule :

— Savez-vous que c'est complètement impossible. Il ne peut exister aucun humain natif comme les Martiens ou les anciens Terriens à la surface de cette planète ; aucun humain vivant qui aurait pu vous envoyer ces messages. Vous n'êtes pas les premiers Martiens à avoir essayé d'atterrir. Ils ont tous été abattus par la DCS, sans exception. Vous êtes bien les premiers dont le vaisseau est presque entier.

— Peut-être pas à la surface…, mais et dessous ? C'est possible…

— Aucun, je vous dis, insista-t-elle.

— Mais ils ne les ont pas rêvés tout de même ?

— J'en suis certaine et je ne remets pas en cause leur santé mentale, quoique l'on doive se poser la question après ce que vous m'avez raconté sur votre peuple. Je dis simplement qu'il y a forcément une autre explication, plus plausible. Les seuls êtres qui auraient pu vous contacter sont les

Horlas. Mais j'en doute fort. Ce n'est vraiment pas dans leur nature.

— Les Horlas ?

— Oui. Elles sont les gardiennes de la planète Terre. Les uniques, dernières et authentiques Terriennes après notre départ pour Vénus, il y a quelques siècles.

— Cela me fait penser aux chérubins gardant le jardin d'Éden.

— Je ne connais pas ce jardin ni ces chérubins. Est-ce qu'eux aussi, ils surgissent de leur profond sommeil à la nuit tombée, pour traquer et éliminer tout profanateur de la Nature ?

— Humm…, pas vraiment, non. Sommes-nous en danger ?

— Oui, nous le serons si nous restons ici et que la nuit nous trouve.

— Mais qui sont-elles ? Jamais aucun Martien n'en a entendu parler.

— Les Amazones ? Elles sont la 3e race d'humain, uniquement constituée de femmes. Tout comme nous, les Vénusiens, elles sont issues des parthénogénotes de la grande épidémie de l'agent androcide. Mais contrairement à nous, elles n'ont pas hérité du chromosome P élaboré par la sphère des Superviseurs à partir du chromosome Y du patient zéro : ES Pierce. Il n'y a donc pas eu reconstitution de lignées masculines.

— Ce cher Pierce…, c'est par sa faute et ses croyances que Mars est tombée dans cet excès. Il a rendu les nôtres allergiques à toutes formes de spiritualité. Et ironie du sort, ses descendants, les Grandes Sophie et les Grands Hakim, ont instauré une tyrannie scientifique antithéiste et phobique des religions.

— Je dirai que c'est plutôt votre constitution génétique qui vous impose une telle sauvagerie. Sans vouloir vous offenser.

— On ne tombera jamais d'accord là-dessus, dit-il simplement pour ne pas la fâcher. Mais dites-moi plutôt, est-ce que ces Amazones vous ressemblent ? Est-ce qu'elles sont comme les Vénusiennes ?

— Non, elles ne nous ressemblent en rien. Pas plus qu'à vous. Ni blanche, ni noire. Elles ont la peau glabre et sont toutes nues.

— Toutes nues ?

— Oh mais n'espérez pas en apercevoir une seule. Elles ont le pied aussi léger qu'un félin et sont les championnes de la furtivité.

— J'ai une bonne vue et je suis très alerte.

— J'ai bien peur que vous vous surestimiez, mon pauvre martien. Il existe dans leur peau un système nerveux autonome, semblable à celui de nos systèmes digestifs. Il contrôle la contraction et la dilatation de milliards de chromatophores, ainsi que l'intensité lumineuse de millions de photophores dans leur épiderme.

— Je vois… Elles peuvent donc se camoufler et se fondre dans leur environnement, devenir littéralement invisible ?

— Exactement ! Vous n'êtes pas si bête après tout. Leur peau change de couleur à volonté, peut s'illuminer et absorbe les infrarouges. Les capacités de mimétisme par homochromie des caméléons et des seiches ne sont à côté que de piètres artifices. Si vous en voyez une, apparaître toute lumineuse et que l'instant d'après vous la voyez disparaître, dites-vous que c'est la dernière chose que vous aurez vue.

— Mais peut-être que si l'on leur explique comme je l'ai fait avec vous…

Elle éclata de rire, amusée par sa naïveté :

— Vous voulez leur expliquer ? Qu'est-ce que vous ne comprenez pas dans : « ce n'est pas dans leur nature ». En plus, elles ont un langage d'une complexité déconcertante que même nous, nous ne saisissons pas. Elles émettent des ultrasons et même des infrasons lorsqu'il s'agit de contacter d'autres hordes sur de très longue distance.

— Des sauvageonnes…, murmura-t-il avec dédain.

— Détrompez-vous, Martien. Elles n'ont rien de primaire comme vous. Ce n'est pas parce que vous avez des vaisseaux spatiaux que vous leur êtes supérieurs. Elles ne maîtrisent pas l'énergie des étoiles mais la sophistication de leur société dépasse les nôtres.

— Je suis désolé ma belle Turane. Je ne voulais pas paraître inconséquent…

Surprise qu'il se soit rétracté aussi vite, elle le regarda droit dans ses yeux bleu glacier :

— Vous m'étonnez beaucoup Kar. Vous êtes vraiment différent du prototype martien tel qu'on nous le dépeint depuis toujours.

— En bien, je l'espère ?

— Oui, en bien, répondit-elle avec un sourire si magnifique et radieux que le romancier trébucha sur une racine, comme ensorcelé. Mais je vous le dis pour qu'il n'y ait aucun malentendu. Cela ne changera rien à la suite des événements. Vous serez tous mis en quarantaine pour observer votre sensibilité à la peste androcide. Car rien ne dit que les spores aient disparu de la surface en absence d'hôte à infecter. Dans les deux cas, positifs ou négatifs, les survivants seront envoyés sur Vénus pour toujours, sans espoir de retour sur Terre ou sur Mars.

— Je ne pense pas que nous nous opposerons à vos plans. Tant que vous ne nous rapatriez pas, nous nous plierons à toutes vos exigences.

Ils arrivèrent enfin à l'orée d'une ville abandonnée envahie par la végétation.

— Nous serons à l'abri dans l'un de ses bâtiments de pierre.

Kar et les autres admiraient cette cité ancienne qui semblait surgir du passé et de la forêt comme un enchantement.

— C'est magnifique ! Où sommes-nous… ?

— C'était une cité antique du Proche-Orient. Une Ville sainte pour trois anciennes religions. Elle se nomme Jursalè…

— Pardon ?

— Jursalè.

— Non, non... je crois que vous voulez dire : Jé-ru-sa-lem !!! s'exclama le romancier, propageant comme un écho surnaturel le nom de l'antique ville sainte parmi les rescapés.

Chapitre 6 – Les Horlas

La ville de Jérusalem se trouvait à présent à plus de cent kilomètres du rivage méditerranéen dont une grande partie avait été gagné par une forêt de type tropicale, en particulier sur le pourtour africain, ibérique et proche-orientale. À présent enfouie dans un enfer vert, elle était pourtant restée dans l'inconscient collectif des Martiens, surtout ceux qui avaient conservé des croyances en un être supérieur. Le fait de se rendre compte qu'ils se trouvaient aux portes de cette ville fameuse et que les humains natifs qui les avaient contactés grâce à l'émetteur-récepteur y résidaient potentiellement, avait provoqué un souffle d'espoir et de joie parmi les rescapés. Cela ne pouvait être le fruit du hasard, c'était le signe que leur divinité les avait conduits ici comme les juifs à la Terre promise. Ils en étaient persuadés.

Kar Margaux restait néanmoins prudent, refusant de céder à l'euphorie trop vite :

— Êtes-vous sûr que nous sommes au Proche-Orient ? Il me semblait que cette région était aride.

— Elle l'était, confirma-t-elle. Mais le refroidissement climatique et d'autres bouleversements ont provoqué une forte croissance des forêts primaires jusqu'à de hautes latitudes, réduisant les grands déserts comme peau de chagrin. C'est le sujet de mes études.

Rorick Kervallen et Nicoé Margaux les avaient rejoints en hâte :

— C'est un signe ! C'est un signe ! Nous avons bien fait de ne jamais perdre espoir. Nous ramènerons tous les autres croyants restés sur cette planète rouge de fou !

— Mais il n'est pas question que d'autres Martiens viennent sur Terre ! D'ailleurs aucun de vous ne restera ici ! s'enquit la Vénusienne. Vous êtes comme des sauterelles s'abattant sur des cultures. Cette planète n'appartient plus aux Hommes. Ils n'ont pas su en prendre soin !

Elle prit Kar à parti :

— Nous ne vous laisserons pas contacter la planète Mars !

Les autres ne l'écoutaient guère. Ils commençaient à chanter et danser quand soudain une forte détonation stoppa net leur allégresse. Les oiseaux s'envolèrent à tir d'ailes, effrayés par ce bruit de plus de trois cents décibels. Et plusieurs Martiens tombèrent au sol, foudroyés et morts. L'angelot transmit aussitôt à Turane des données. Elle comprit avant les autres ce qui se déroulait et les exhortait de toutes ses forces à s'enfuir dans la ville. Alors qu'ils s'étaient tous mis à courir à en perdre haleine, chacun se demandait ce qui venait de se passer. Ils ne mirent pas longtemps à comprendre ce qui venait d'arriver : surgissant quasiment de nulle part, la capsule de sauvetage du Capitaine William Archel transformée en robot tueur avait débarqué à quelques mètres en pilonnant la forêt et tout ce qui y bougeait. Ils ne pouvaient le voir derrière l'armure de métal mais s'ils avaient pu, ils auraient été écœurés et inquiétés par l'immense sourire sadique qu'il affichait sur son visage à moitié tatoué.

Les Martiens s'étaient dispersés dans les rues et s'étaient cachés absolument partout où ils avaient pu. Le Capitaine Archel s'amusait comme dans un jeu vidéo à tirer dans les bâtiments dont les pierres millénaires volaient en éclat, débusquant de temps à autre des Martiens qui détalaient comme des lapins hors de leurs cachettes. Et parfois, malheureusement, il tirait dans le mille, assassinant de pauvres humains sans défense par poignée.

Turane s'était réfugiée avec Kar, Rorick et Nicoé dans un immeuble de dix étages qui était en plutôt bon état. Ils étaient montés jusqu'au toit afin de pouvoir repérer le psychopathe. Celui-ci avait branché le haut-parleur pour leur adresser un petit message :

« Mes chers petits amis, je ne suis pas venu pour vous mais pour mon cher cousin et traître, le Général Rorick-Malo Kervallen. Livrez-le-moi ou je vous exterminerai jusqu'au dernier, en commençant par les gamins ! »

Tous se tournèrent alors vers le Général qui avait blêmi. Kar prit un air très sérieux :

— Cet individu est votre cousin ? demanda le romancier complètement interloqué. Fallait-il que vous régliez vos problèmes de famille en ce jour de liesse… ?

Kervallen n'était vraiment pas d'humeur à plaisanter :

— Si c'est bien William Thor Archel qui est dans cette machine diabolique, nous avons des soucis à nous faire. C'est un cousin germain, dévoré par l'ambition et la jalousie. Il ne supporte pas que ce soit moi qui porte un nom aussi illustre… C'est un grand malade. À mon avis, il filme ses exploits afin d'avoir une preuve de ses méfaits et d'être porté aux nues quand il retournera dans notre mère patrie.

— Voilà pourquoi aucun autre Martien ne doit venir sur la Terre ! Voilà pourquoi vous devez tous repartir ! Non content d'abattre des arbres, tuer des animaux, il détruit des vestiges historiques ! Vous êtes une race d'une rare bêtise. C'est incompréhensible de se comporter de la sorte ! Quelle maladie de l'esprit vous colle au corps pour être si dépendant de cette violence gratuite et obscène ? s'emporta la Vénusienne, excédée par les dégâts occasionnés.

Kar essayait de la calmer mais elle persiflait de plus belle :

« Votre cousin ne nous laisse pas le choix. La raison avant tout : il devra périr ici. Il ne doit pas retourner sur Mars et montrer ce qu'il a vu ».

— Calmez-vous ma belle Turane, calmez-vous. Vous allez nous faire repérer et nous serons cuits. Nous ne sommes pas tous comme cet individu, je vous l'assure…

— Si vous avez une idée pour le supprimer, je suis partant. Ne pensez pas que cela me chagrine une seule seconde que vous abattiez un membre de ma famille. Mais en attendant, laissez-moi me livrer…, décida finalement Kervallen. Vous aurez du répit.

— Nooon ! s'indigna Nicoé en lui tirant le bras. Vous ne pouvez pas faire cela ! Qui nous dit qu'il tiendra parole. S'il est si terrible que vous le dites, il nous tuera tous, même si vous y allez. Et ses exploits passeront en boucle à la télévision et dans les arènes. Et n'oubliez pas qu'à l'heure qui l'est, vous êtes père. Ne vous sacrifiez pas.

— Il n'a pas tort, Général Kervallen, dit Turane qui s'était calmée et faisait à nouveau appel à sa raison. Kar Margaux m'a raconté les frasques de votre grande Inquisitrice. Si elle a envoyé une personne aussi folle qu'elle-même vous abattre, soyez-en sûr qu'il ne s'arrêtera pas à vous seul. Mais j'ai une idée. Il ne doit pas être plus intelligent que la moyenne, il est trop sûr de lui et il est aveuglé par sa haine contre vous… Nous allons lui tendre un piège…, ajouta-t-elle avec une certaine malice.

Après leur avoir expliqué son plan, le Général descendit de sa tour de guet pour être à découvert. Il interpellait le Capitaine Archel, s'avançant les mains en l'air. Derrière lui se trouvait l'angelot qui concentrait l'énergie de ses batteries. Le Capitaine dans sa machine de mort l'accueillit à pince ouverte :

— Général, je pensais vraiment que vous ne viendrez pas. Je pensais que vous étiez aussi lâche que traître. On peut toujours se tromper. Alors comme ça, vous avez fini par croire aux élucubrations de ces affabulateurs ? Voulez-vous parier que vous ne serez pas sauvés une fois de plus par *le grand architecte* ? Même lui à ses limites face à moi. Je vais vous aider à le rejoindre plus tôt s'il existe. Approchez-vous ! Que mes pinces vous soulèvent et que je vous tire un obus dans le crâne ! Une caméra filme tout. La grande Sophie sera heureuse de revoir encore et encore votre exécution et de la diffuser sur tous les réseaux.

Et il ricana comme un dément.

Kervallen rigolait beaucoup moins et s'approchait, prêt à se jeter sur le côté, pour laisser le cupidon vider sa batterie en un faisceau surpuissant exploser à la figure du Capitaine. Plus que cinq secondes. Il faisait dans sa tête le compte à rebours. Quatre… Trois… Deux… Plus qu'une seconde :

Le soleil semblait éclairer de ses dernières lueurs la scène. Il sauta de toutes ses forces sur le côté. Pendant qu'il décollait du sol pour retomber, il vit derrière Archel une forme humaine fantomatique mais brillante comme un mirage qui disparut aussitôt. Puis il tomba dans le néant…

Le puissant faisceau éblouit toute la scène en déchirant l'air dans un bruit de foudre tonitruant. Lorsque la lumière se dissipa, le ventre de la capsule présentait un trou béant. Le Capitaine Archel était mort, vaporisé par la puissante source d'énergie. L'angelot vidé de ses forces gisait au sol sans vie.

Turane se releva, paniquée :

— Nous sommes perdus, amis de Mars !

— Comment cela, ma belle Turane ? Il est mort ! Votre plan a marché !

Elle répéta :

— Nous sommes perdus, je vous dis…

— Mais où est Rorick ? demanda Nicoé qui se releva aussi pour mieux voir.

— Nous sommes perdus, ne comprenez-vous pas ? ! ? ! ? ! Le Soleil se couche... Les Horlas sont là. Mon cupidon m'a transmis des données, juste avant de se décharger. Votre Général a été enlevé sous notre nez. Considérez qu'il est mort...

— Non, je refuse. C'est absurde ! Je n'ai rien vu, moi. Il est juste quelque part, caché. Il faut descendre pour mieux voir, déclara la pauvre Nicoé, désespérée.

Et avant même d'avoir pu être retenue par son frère, elle était déjà partie et dévalait les escaliers. Mais elle ne ressortit jamais du bâtiment, enlevée à la sortie. À mesure que les ténèbres gagnaient sur la lumière, Turane et Kar entendaient les derniers Martiens de Terre pousser des cris avant de disparaître, un à un.

Motivé par le spectre de la mort qui s'approchait à grand pas, Kar prit les mains de la Vénusienne dans les siennes. Il la tira tout près de lui pour la serrer dans ses bras. À sa grande surprise, elle ne lutta pas. Au contraire, elle répondit à l'étreinte. C'est alors que sous les derniers rayons du Soleil, et le cœur battant la chamade, il entreprit de poser ses lèvres sur les siennes. Il était à quelques millimètres de sa peau et pouvait sentir son odeur, un mélange de pêche et de miel enivrant. Il oubliait tout, il s'oubliait dans son regard. Il y était presque. Les muqueuses, à quelques nanomètres l'une de l'autre, s'échangèrent un imperceptible arc électrique… puis ce fut le néant.

ÉPILOGUE

Turane, Kar et les autres se réveillèrent tous ensemble. Chacun était allongé sur un lit moelleux recouvert de draps soyeux. Il flottait dans l'air une discrète odeur de fruits sucrés. Ils semblaient être dans une immense grotte aménagée car le plafond, très haut, était irrégulier et parsemé de stalactites. Tous semblaient être en bonne santé et ne pas avoir été maltraité. Une voix hystérique brisa ce silence :

— Rorick ! Kar ! Vous êtes en vie !

Nicoé se dégagea de ses draps, sauta hors du lit pour se précipiter dans leurs bras.

Kar cherchait du regard sa bien-aimée qu'il avait failli embrasser et lorsqu'il la vit, son cœur fit un bond dans sa poitrine. Elle lui souriait de loin, soulager elle aussi qu'il soit en vie. Ils allèrent à la rencontre l'un de l'autre.

— Où sommes-nous ma belle Turane ?

— Bel ami Martien, je l'ignore. Dans une grotte, je suppose, … mais où exactement, je ne peux rien vous dire sans mon angelot.

— Turane ? Est-ce que c'est bien toi ?

Elle se retourna, osant à peine croire que la voix qu'elle entendait était bien celle de Énée. Elle se jeta dans ses bras :

— Énée ! C'est bien toi ! J'ai été cruellement inquiète. Nous n'avions plus eu de trace de toi !

— J'ai été agressé et je me suis retrouvé ici. Comme vous.

Soudain, l'un des pans de la grotte qui était un faux mur s'ouvrit sur un couloir si sombre que pas un chat n'aurait pu y voir. Les gens s'étaient tous levés pour se blottir derrière le Général, Kar et les deux Vénusiens. L'un des Martiens chuchota :

— Va-t-il en sortir un brise-os ?

Un autre lui répondit la peur au ventre :

— Pas de râle, ni de frottement à glacer le sang. Mais si c'est le cas, surtout tue-moi si je n'arrive pas à m'achever moi-même par une attaque cardiaque.

— Je ne te promets rien, je voulais te proposer la même chose…

Après quelques secondes d'une tension palpable, des bruits de pas de plus en plus sonore s'échappaient du couloir. Ils se rapprochaient de plus en plus. Puis apparut sur le seuil un être humanoïde à charpente métallique. Nicoé s'écria :

— Un robot domestique de l'ancienne époque ! Ici !

Il était précédé d'une vingtaine d'autres comme lui et de silhouettes androgynes translucides, les Horlas. Un expert leur aurait trouvé une étrange ressemblance avec les Nommos, cette race lointaine qui habitait les systèmes Sirius.

L'une des silhouettes s'illumina et s'exprima d'une voix inhumaine aiguë :

— Bonjour humains de Mars…, bonjour humains de Vénus… Je suis Gaha, reine des Horlas. Il y a quelqu'un qui veut vous parler depuis longtemps. C'est pourquoi, je vous ai épargnés.

L'un des robots domestiques portait dans ses mains une sphère étrange qui ressemblait trait pour trait à la sphère des Superviseurs qui avait été détruite par l'équipe du Colonel Guénolé Pierre Kervallen quatre siècles plus tôt.

— Vous avez répondu à notre appel de l'émetteur-récepteur à intrication quantique et vous voici enfin, dit la machine avec une voix humaine parfaitement reproduite. Nous sommes les heureux serviteurs des Superviseurs depuis la déchéance de l'ancienne humanité. Ils ont un message pour vous.

Une petite fille et un jeune garçon se matérialisèrent alors devant leurs yeux ébahis. Ils parlaient d'une même voix :

« Nous vous demandons pardon pour ce que nous avons fait à l'humanité. Nous avons éliminé toute trace de l'agent androcide. Vous ne risquez plus rien. Vénus et Mars doivent se réconcilier. Vous êtes des peuples frères et la Terre est aussi votre foyer. Nous avons pensé, il y a longtemps, que nous étions vos auditeurs mais c'était absolument faux. Nous étions audités nous-même par quelque chose, quelqu'un qui dépasse notre entendement et nos sciences. Nous avions alors échoué autant que vous mais il nous a été donné l'opportunité d'une seconde chance pour nous rattraper et prétendre ainsi au titre d'intelligence non artificielle et bénéficier d'une âme ».

Kervallen s'approcha et demanda fébrilement :

— Dieu ? Est-ce que vous parlez de Dieu ?

Les enfants répondirent :

— Nous ne sommes pas en mesure de le nommer. Il est, c'est tout. Il n'est pas toujours nécessaire que la science ou la raison apporte toutes les réponses. Le mystère, c'est aussi cela la vie. Nous l'avons compris. Le comprenez-vous aussi ?

Tous se regardèrent, soulagés et heureux. Le crépuscule des siècles de séparation et de méfiance allait laisser place à l'aube d'une ère nouvelle où les différences seraient une force.

Turane prit la main de Kar dans la sienne et déposa un baiser langoureux sur ses lèvres.

— Je termine ce que tu avais commencé, Kar Margaux, romancier de Mars, lui dit-elle avec ce sourire qui faisait tant chavirer son cœur.

*
* *

Après cela, les superviseurs disparurent. Douze ans plus tard jour pour jour, de l'océan atlantique jaillit une gigantesque cité qui s'éleva haut dans les airs. Elle voguait tel un navire sur un océan de nuages cotonneux. Rorick et Amalia Kervallen étaient accompagnés de leurs trois enfants, l'aînée, une fille et deux jeunes garçons. Posés sur une terrasse boisée au bord de la cité, ils attendaient avec grande impatience une navette atmosphérique qui émergea bien vite parmi les cumulonimbus. La cloche se posa à quelques mètres de la petite famille.

Turane en sortit, toujours aussi belle et radieuse, suivi de son époux, Kar Margaux, portant dans ses bras leur fillette de six ans ; Il y avait aussi Nicoé et l'enfant orphelin que sa sœur avait sauvé, prénommé Mino. Elle avait fini par l'adopter. Il avait à présent 19 ans et tenait la main d'une ravissante Vénusienne. Tout ce beau monde revenait d'un séjour sur Mars. Ils avaient dans leurs bagages une nouvelle étonnante, une dépêche du *Vénus Mirror* :

« […] Le dernier bastion de la grande Sophie est tombé. La grande Inquisitrice a abdiqué tôt ce matin, non pas par la force, mais par d'âpres négociations et devant l'inévitable fuite démographique de la dernière république martienne sous mandat de l'Inquisition Scientifique. Le dernier vestige de la décadence de la planète rouge, l'I.S., a été dissous dans la foulée, mettant fin au régime de terreur instauré depuis plus de trois cents ans.

La Terre, la Lune, les astéroïdes troyens, Mars, Phobos, Deimos, Cérès, Antéros et Vénus sont désormais tous unis pour la première fois sous la même bannière, inaugurant le premier âge d'or de la nouvelle humanité.

Mino Margaux, reporter »

*
* *

Assurément, il faudra à notre espèce passer de nombreuses épreuves pour la rendre plus mûre et digne de son héritage. L'espoir ne vient pas toujours de là où l'on l'attend. Les voies des cieux sont impénétrables.

FIN

Crédit image : par **Patrick Fontaine**
www.patrick-fonctaine.com ©2020

Tous les personnages de ce livre sont fictifs, et toute ressemblance avec des personnages existant ou ayant existé n'est que pure coïncidence.

Édition : BoD – Books on Demand, 12/14 rond-point des Champs-Élysées, 75008 Paris
Impression : BoD - Books on Demand, Norderstedt, Allemagne
ISBN : 9782322222230
Dépôt légal : Mai 2020

FSC
www.fsc.org
MIXTE
Papier issu
de sources
responsables
Paper from
responsible sources
FSC® C105338